Margot Ehrich

Manchmal ist der liebe Gott nicht zu Hause

Margot Ehrich

Manchmal ist der liebe Gott nicht zu Hause

LangenMüller

in der F. A. Herbig Verlagsbuchhandlung GmbH, München

Schutzumschlaggestaltung: Bernd und Christel Kaselow, München
Schutzumschlagmotiv: Mädchenbildnis von Paula Modersohn-Becker
Satz: Filmsatz Schröter GmbH, München
Gesetzt aus: 11.5/13.25 ITC Garamond auf Linotronic 300
Druck und Binden: Wiener Verlag, Himberg
Printed in Austria
ISBN 3-7844-2529-1

Ein Fremder hat immer
seine Heimat im Arm
wie eine Waise
für die er vielleicht nichts
als ein Grab sucht.

Nelly Sachs

Inhalt

Liebe Nadja

Als Nadja durch mich hindurchsah, war ich bald darauf unfähig, mir ihr Gesicht vorzustellen, oder scheint das nur so? Erst jetzt, wo ich diese Zeilen beginne, sehe ich ihre Augen wieder vor mir.
Eines Sonntags kehrte ich mit meinen Eltern von einer Wanderung heim, wahrscheinlich wieder aus Tschernosek mit seiner lieblichen märchenhaften Umgebung, nach der ich mich so sehne wie überhaupt nach dem Elbtal in Nordböhmen, dem Himmel meiner Kindheit. Da trat mir ein Mädchen in den Weg. Aus feinem Gesichtchen blickten mich graublaue Augen treu an, als es sagte: Ich heiße Nadja, und du? – Margot.
– Mahgold! rief sie selig, als hätte sie einen Schatz in den Lüften für sich festgehalten. Wie hat mich das glücklich gemacht. Von da an trafen wir uns täglich, und bald gingen wir in dieselbe Klasse, in der Fräulein Lehmann uns oft und laut im Chor aufsagen ließ: *Vie-le We-nig ge-ben ein Viel, ge-teil-tes Leid ist hal-bes Leid.* Dazwischen schrie sie: Hände

am Rücken! Auf einmal sehe ich Nadja wieder deutlich: die gewölbte Stirn mit dem feingezeichneten Haaransatz machte ihr schmales, vom glattgewellten braunen Bubikopf umgebene Köpfchen noch zarter. Obenauf lag, wie bei mir, zwischen zwei züchtigen Seitenscheiteln die saubere Längsrolle jener Zeit.

Wir waren neun, als ich den Krieg verlor. Dabei war Verlieren höchstens die Lösung. Aber daß ich ihn mitgeführt hatte. Als Kind kam ich nicht dahinter, warum ich das gemacht hatte.

Brauchte ich vierzig Jahre, um den Schock zu überwinden? Die Sprache wiederzufinden, die versucht, Deinen und meinen Gefühlen gerecht zu werden? Seit zwanzig Jahren beginne ich einen Brief: Liebe Nadja! Und weiter? So einsam, unsicher wurde ich an jenem Apriltag 1945, als Du beim innig erflehten Wiedersehen durch mich hindurchsahst, daß ich ein halbes Leben dafür nach Worten suchte. Willst Du nicht mit mir sprechen, Nadja? Fragst Du mich heute, ob ich gegen den Haß, die Rache von 1945 gefeit gewesen wäre, hätten sie meine Mutter vor Deiner nach Theresienstadt gebracht? Gerechter Gott – es würde bohren, unendlich. Gegen den zweiten Platz, den meine Mutter danach dort einnahm, konnte selbst Gott nichts tun. Oh Nadja, sprich mit mir!

Es muß sich schon Ende vierundvierzig zugetragen haben, denn bald darauf wurde der Schulbetrieb eingestellt und das Gebäude als Lazarett genutzt. Eines Morgens blieb Nadja der Schule fern, es hieß nur, sie käme eine Zeitlang nicht zum Unterricht. Am Mittag in unserer Straße ... flüsterten sie gläsernen Auges wie in Manteltaschen: Schweine – hab'n heute nacht ihre Mutter abgeholt – Schwarzsender gehört, London. Ohnmächtiger Schmerz fuhr mir in den Bauch, lähmte mich, kaum konnte ich mich heimwärts bewegen, um es vor meiner Mutter gurgelnd rauszuschreien. Diese stille mädchenhafte Frau, meine Nadja in Großausgabe, im Gefängnis. Welche Qualen mußtest Du aushalten, Nadja. Unsere Klasse fühlte sich todkrank, die Augen aufgerissen bis ans Kinn.

Und der Schreck, weil meine Eltern auch »London hörten«. Deine Mutter war Tschechin, aber da machten sie keinen Unterschied. Wer erwischt wird, den erschießen sie, zischelte mein Vater, der seit einem Lazarettaufenthalt zu Hause war. Seine Nase sah riesengroß aus in jenen Tagen.

Theresienstadt aber war ein dunkles Wort. Alle ängstigten sich davor, weil keiner wußte, was sie da machten. Erst hieß es: Gefängnis, dann neue Heimat für Juden, welch ein Zusammenhang? Und wozu soviel Obhut, wo diese Menschen doch vorher schon in einer Wohnung zu Hause waren? Wir sind mit meiner Mutter mal gucken gegangen. Mit getarntem harmlosen Spazierschritt. Vom Fuße der Stadt über die Elbbrücke und drüben ein Stück Chaussee entlang. Verschwommen erinnere ich mich an ein Ortsschild: Theresienstadt. Daß ich aufatmete: Ist ja ein Dorf. In einiger Entfernung nahm ich ein ungefähr zweistöckiges Haus wahr oder zwei im rechten Winkel zueinander, so wie man das im Westfälischen zur Not eine Hofschaft nennen könnte, und Bäume – ein Haus, aus dessen Fenstern Menschen lehnten, die haargenauso aussahen wie wir. Da bekamen wir noch mehr Angst, begründet. Als Deine Mutter rauskam, mußte meine hinein. Seitdem wissen wir, wie es dort aussah: anders als eine westfälische Hofschaft. Meine Mutter mußte Todeszellen reinigen und mit ihren Händen Typhuswäsche von Toten waschen. Zwei der dazu verurteilten deutschen Frauen erhängten sich in den ersten Tagen. Wenn meine Mutter abends heimkam – würden wir sie am nächsten Abend noch einmal sehen oder nie wieder? –, saß sie nach einer Desinfektionswäsche zwei Stunden isoliert wegen Ansteckungsgefahr, und nachts berieten meine Eltern, wann der Zeitpunkt wäre, unser Leben zu beenden. Da war ich aber schon neun, nie werde ich wieder so alt sein wie damals.

Wie hast Du mir gefehlt, Nadja, all die Monate. Keiner wußte, wo Du warst. Bei Deiner Großmutter? Im April atmete mein Vater auf: So, vorbei der Scheißkrieg. Jeden Tag ohne Dich lief ich zur oberen Milchhalle, um dahinter unsere Plätze aufzusuchen, Nadja. Und da – eines Tages standst Du wie vom Himmel gefallen an unserer Ecke, mit wildfremden Kindern. Nichts wie hin, dachte ich und lief auf Dich zu, atemlos vor Glück. Anfassen wollte ich Dich, ob Du's warst und nicht der wiederkehrende Traum. Nadja! rief ich. Nadja!
Nadja?
Du hast mich nicht gekannt, mich nicht gesehen. Nur tschechisch geredet mit den fremden Kindern um Dich herum. Am andern Tag wußte ich es, Nadja. Denn in der folgenden Nacht schlugen Partisanen die Haustür ein, stießen uns Gewehrläufe in die Brust, bis wir uns ausgezogen hatten. Und sie Gewehr und Gesicht sinken ließen, weil sie die Tätowierung nicht fanden unterm Arm: die SS-Zeichen. Sie wollten da noch nicht irgendwelche Deutsche: nur die SS. Nacht für Nacht. Immer kamen andere. Natürlich schmerzte es, später zu lesen, es habe Schriften gegeben zu jener Zeit, wonach Deutsche von da an keine Menschen mehr wären: töten, niederschießen sollte man sie, wo immer man einen träfe, auf offner Straße, gleich

wo. In jenen Tagen wehrte ich mich verzweifelt, wenn meine Mutter irgendwoher ein Brot ergattern wollte, überall lagen Tote.
Ich sehe Deine Augen schmal werden, Nadja, aber auch so gäbe ich Dir recht: Die Rächer waren unsäglich gequält worden.
Im entscheidenden Augenblick nahmen wir uns nicht das Leben, sondern die Fahrkarten, die uns ein geschlagener Mensch anbot, der sich statt dessen das Leben nahm. Die letzten Fahrkarten für Deutsche.
Der Stellungsbefehl für unsern Buchstaben lag auf dem Küchentisch wie eine Giftnatter: am nächsten Tag, Uhrzeit, mit Wohnungsschlüssel und Handgepäck auf bestimmtem Platz anzutreten. Hätten wir von dort meine Mutter nach Theresienstadt begleitet? Oder wären wir deportiert worden in die unübersehbare Weite des Ostens? Oder hätten sie uns laufen lassen? Zehn so, zehn so?
Unsere Bahnverbindung endete in Böhmisch-Leipa. Nach einer Leibesvisitation ließ meine Mutter noch vier Schuhsohlen zurück. Erleichtert schnappte sie sich vorm Bahnhofsgebäude, bevor sich das Schwert von neuem senkte, eines der Neugeborenen der beiden frischentbundenen bleichen Mütter, die in unserm Sog flüchteten. Hielt es vor einen anbrausenden russischen Lastwa-

gen, daß zwei russische Soldaten bestürzt nach dem Rechten sahen. Meine Mutter verschaffte uns mit erstaunlichen Gebärden auf der Pritsche Liegeplätze.
Sie mußte in der Führerkabine mitsingen. Die Absicht richtig deutend, lachten wir hinten laut übers ganze Gesicht, damit sie nicht dachten, wir hätten furchtbare Angst. Kurz vor Bautzen durften wir aussteigen, bis auf meine Mutter. Sie war der Preis.
Nach flehendem Gerangel in beide Richtungen gaben sie meine Mutter lachend frei. Sieben Leben waren gerettet, die der Neugeborenen als je eines mitgerechnet.

Aber da fing meine Reise erst an. Von meinem neunten bis dreißigsten Lebensjahr lief ich im Traum Nacht für Nacht auf unserer Straße umher. Aus tiefem Schlaf tauchte ich vorm Frisör auf, Du weißt schon. Die ersten Jahre im Rinnstein, mit zu kurzem Hemd, das nach vielen Aufenthalten grau wurde. Sprachlos. Denn niemand würde ein Wort verstehen. Immer blieb ich neun. Immer war es Nacht, zwanzig Jahre lang. Später wagte ich einen längeren Aufenthalt und erschien an der Gastwirtschaft gegenüber der unteren Milchhalle, um die Möglichkeit zu nutzen, auf der längeren Wegstrecke irgend jemand wiederzufinden.

Ich zählte dreißig Jahre im jetzigen Leben, als ich wagte, an Haustüren zu schellen, dann suchte ich die Häuser nach Euch ab. In der letzten Phase sprach ich ängstlich eine Frau an. Ah – sagte sie: Sind alle weg, schon la-nge, la-nge! Zwanzig Jahre hatte ich nun gesucht. Nacht für Nacht gehofft, nach Hause in unsere alte Wohnung zu gelangen. Erst jener freundlichen Frau sagte ich das erste und einzige Wort des Schmerzes: Oh!
Gegen Ende kämpfte ich mich bis an die ersehnte Wohnungstür vor. Aber hindurch kam ich nie. Bald fand ich das Städtchen in unverständlichen Varianten; wenn ich es zu erkennen glaubte, vermengte es sich mit lieblichen Ansichten aus der Schweiz, die mich oft an Böhmen erinnerte. Berauscht streichelte und umarmte ich im Traum Sträucher und Bäume und fremde Gartentore, ich glaube, so ist es, wenn man stirbt.

Ich nehme Abschied, Nadja, von den Mandelbäumchen in unserer alten Straße, um meine Ruhe zu finden – Abschied von unserer Wiese, unserer Badeanstalt, die nun ganz woanders liegt, und von dem Haus, in dem wir wohnten und das inzwischen abgerissen ist. Von der Elbe bis Aussig, vom Dubitzer Kirchlein, von Tschernosek. Ich lasse es beruhigt in Deinen Händen. Auch die Binice, die kleine

Anhöhe mit den Wildrosenbüschen, und aus ihrer bunten Kleewiese stachen die Bienen in die flinken Füßlein. Ich lasse es beruhigt in Deinen Händen, ich weiß, daß Du Dich drum kümmern und unsere Plätze hüten wirst, mit meinen Grüßen, Nadja. Liebe Nadja.

Der blaue Teddy vom Zametzky

War es November? Ganz sicher waren es jene Tage, in denen das Christkind seine Vorschläge macht. Und in Leitmeritz – wo sonst zog es ein Kind hin als vor die himmlischen Schaufenster vom Zametzky – wo sonst am Marktplatz, gleich gegenüber der Stadtkirche. Neben der die Christbäume auf ihren großen Tag warteten. Wo mein Vater am Heiligen Abend frühmorgens im Finstern hineilte, mit seinen ein Meter sechsundachtzig langen Schritten, den letzten Baum zu holen, den schönsten: den größten.

In den Schaufenstern vom Zametzky konnte ein Kind genau sehen, wie der Himmel beschaffen war. Nur der Himmel glitzert an gewöhnlichen Tagen wie diesem, wenn sich die Sonne zum Schnee legt in Leitmeritz: bei der Wiese oder mitten in der Stadt auf den Dächern, weit bis in die Lange Gasse zum unteren Kino, in dem man den Märchenfilm vom *Kleinen Muck* sah, wenn man sehr brav gewesen oder noch lebend vom Zahnarzt gekommen war.

An diesem Tage lag der Himmel auf dem alten Rathaus, am Brunnenrand, in den Gassen – wie war er nur in diese Schaufenster geraten? Ist es so, daß alles Schöne im Leben, selbst das Schönste unsichtbar an Fäden gezogen wird vom lieben Gott und eines Tages ist es da?
Ich könnte mit dem Christkind reden, schlug meine Mutter vor. Seit zehn Minuten fror sie vorm Schaufenster mit roter Nase. Kein Wunder, stand sie doch nur am Rande der Medaille, nur mit dem Blick zum Licht, wo ich wieder einmal unterwegs war zur Sonne: wo die Geschenke warteten, heißa!, und das Liebste und das Schönste, kein Weg war zu weit und zu hart. Ich brach mir fast das Nasenbein an der Scheibe, da griff meine Mutter ein. Sie wußte, wenn ich wünschte, half nichts: Ich hatte nur einen im Sinn. Den ich liebte, immer lieben und nie verlassen würde bis an mein Ende, und ohne ihn müßten sie zusehen, wie ich sterbe.
Den rosa oder den hellblauen? fragte meine Mutter trotzdem. Als hätte ich eine Wahl. Den blauen, flüsterte ich, bebend vor Glück, in jenen Tagen, als meine Träume noch in solche Augen fielen. Und kein Meer hat diese Farbe.
Wir standen die zweite Stunde. Es dämmerte. Das machte das Licht im Schaufenster verheißend, wie es später nur die Sterne fertigbringen, wenn es um

mehr geht – das Licht, das den nächtlichen Traum bewegt, vom Teddy mit seinem besonderen Gesicht: dem einzigen.

War das 1942? Die Geborgenheit in den ersten Lebensjahren, das selbstverständliche Glück, die Sicherheit, und wie ich die Liebe scheffelte mit beiden Händen und wieder in den Himmel warf, jauchzend, um es im ausgebreiteten Röckchen von neuem aufzufangen – war es Betrug, einen kleinen Menschen so aufwachsen zu lassen: behütet, geliebt, geborgen? Die Wurzel der Geborgenheit sollte mich bald am Genick packen, vorn und hinten streichen, was mir teuer war. Wart, bald ist 1945! Dann hieß es nur noch *borgen*, weil mir nichts mehr gehörte. Von da an würde ich mich nicht wiedererkennen. Nichts mehr da mit Handausstrecken nach Heimat, nach Liebe. Bis hin zum Augenblick, wo einer nicht länger verzichten, nicht ohne Schaden überleben könnte, selbst ich nicht.
Doch 1942 vorm Zametzky ahnte ich von all dem nichts. An der Seite der Mutter, vor dem hellsten Schaufenster. Meine Schritte behütet bis in die Dämmerung. Die Worte weich wie Haut, darunter das warme Blut.
Am Heiligen Abend kam der kleine Teddybär bei

mir zur Welt. Beschützen würde ich ihn vor Leid, Hunger und Qual. Nie sollte er einen schlimmen Tag erleben, außer jenen, die selbst der liebe Gott uns schickt, um zu lernen, nicht ohne innere Qual, nie aber mit körperlichen Strafen wie Tod.

1945 dann ist ein Leid in sein weiches, zärtliches Leben gedrungen. Ein Spatenstil in meinem Traum. Wie einer die Armbrust spannt, die Liebe zu töten. Ein Spatenstiel von der linken Schulter mitten durch meine Brust und an der rechten Schulter wieder hinaus. Der Teddy zitterte, wagte sich nicht mehr allein herab vom Spielzeugschrank, der kaum noch Boden unter den Füßen hatte. Wir brauchten keine Kinderzimmer mehr in Leitmeritz. Weil es keine Kinder mehr gab, wenn sie deutsch geboren waren. Sie nähten schleunigst ein Säcklein aus Stoff für ihr Fluchtgepäck.
Nein, es waren nicht meine Schultern: wem hätte das genützt. Aber es tat so weh. Ein Spatenstiel, von der Seite in die Schulter quer durch eine menschliche Brust gestoßen, bis er an der anderen Schulter des Mannes wieder hervortrat. Damit Kniebeugen machen, bis er tot umfiel. Nahe beim Zametzky. Das kann nicht sein. Das Gerücht muß übertrieben haben. *Non semper errat fama* muß es halb so schlimm gewesen sein, da wären die Täter schon

doppelt gestraft bis zum Jüngsten Tag, wo sie neben jenen stünden, die Unverzeihliches taten.
Eine Kreuzigung ohne Erlösung für die Menschheit. Oder erlöst uns ausgerechnet dieser geschundene Mann? Hat er gedacht im Verlöschen: Zeigt auch ihr an diesem Exempel, wie Menschen sind?
Auf der Straße flüsterten sie es. Wenn sie wie Ratten durch Leitmeritz huschten, heimlich Freund, Tschechen und Deutsche. Die Mutter hat es erzählt halb in der Nacht, was andere gesehen oder gehört. Weitergegeben, um nicht am Blut des Gedankens zu ertrinken. Ich hab es in mir versteckt und zum Schein überlebt. Gebetet, lieber Gott, laß uns etwas tun, daß unsere Haut wieder warm wird.

Aus Stoff nähte ich ein Säcklein, das mein Fluchtgepäck aufnehmen und mit mir und den Eltern eine Grenze überschreiten sollte, hinter der man nicht erschossen wurde. Zwischen Kleidern, ohne die ein junger Teddy nicht überlebt: das Fläschchen mit Liebesperlen, das Kreuz am Kettchen, und behutsam, wie man den Abendstern einpackt, um seinen Glanz nicht zu beschädigen, barg ich zwischen Jäckchen und Mützchen die kleine blaue Zwiebelmustertasse, aus der der Teddy so gerne trank.
Bleich standen sie vor mir. Waren das meine El-

tern? Riesig und schwarz. Mit Blicken, als hätten sie vor, anderer Leute Hab und Gut im Rucksack davonzustehlen. Sand zwischen angebrochnem Flügel, die Stimme meiner Mutter: Laß alles liegen. Es muß nach einer Wanderung aussehen. Sonst kommen wir hier nicht lebend hinaus. Zum oberen Bahnhof. Wie immer, einmal in der Woche. Vielleicht nach Aussig. Oh, es war Mai, die schönste Zeit in Nordböhmen, die Mandelbäume blühten.

Wie ein Verbrecher stopfte ich mir ein winziges Baby aus Celluloid unter den Mantel. Der Teddy schrie im Schrank, wir alle schrien, leise, pst!, trugen wir heimlich unsere Haut durch die Wohnungstür. Durch die ich nie mehr gehen kann, sie haben sie weggeworfen. Mit dem Haus. Die Straße gleich mit, das kann man verstehen. Sie war zu alt, weil da schon Bischof Ferdinand Kindermann spazierenging. Nun finde ich nie mehr heim. Nichts ist übrig. Nur der Schubert weht über meiner Straße. Die Wanderer-Fantasie, wie die Mutter sie spielte. Und der Vater hörte zu.

Frau Procházka

Bevor wir ernste Gelegenheiten finden sollten abzuleben, 1945 in Leitmeritz (ich schriebe auch gern »abzulegen«, dächte dabei an gute Mäntel, die vorzeitig vom Haken gestohlen werden), rettete eine Tschechin unser Leben, unsere Nachbarin Frau Procházka. Ob man ein schönes Buch geschenkt bekommt oder sein Leben, in beiden Fällen bedankt man sich überschwenglich, im Frieden mit Augen, geöffnet bis ins Herz, jetzt nach der Kapitulation hatten die Deutschen den Blick zu senken. Das ist mir nicht genug. Frau Procházka verdient stärkere Gefühle.

Vor allem schlief ich damals wie ein Stein. Doch Lärm hallte zwischen besseren Träumen. Er drang so tief, daß er mich nachts auf die andere Seite drehte. Die Mutter hatte mir geraten, so mit Alpträumen fertig zu werden. Zuerst übte ich dieses Verhalten beim Fliegeralarm, er ging davon nicht weg. Die Mutter fing mich inmitten heller Träume, hielt mich auf meinem Galopp über blühende Wiesen am Dubitzer Kirchlein an und stopfte mich mit angsterfüllten Rufen in kratzige braune Wollstrümpfe, in Leibchen, schnell Mantel drüber, und trug mich in den Luftschutzkeller. Meine Seele war noch nicht wieder in den gequälten Körper zurückgekehrt, nur so weit, daß ich nun den Lärm am Haustor richtig einschätzte, er sollte Angst einflößen. Das war nichts Neues mehr: Sie kommen wieder.

Es ereignete sich jede Nacht. Heute meinten sie uns. Als dreißig Jahre später im Westfälischen ein Briefträger an die Haustür donnerte, weil er Licht sah, weckte er die Erinnerung, von der sich keiner in dieser Region ein Bild machte.

In der Leitmeritzer Nacht waren wir die letzten Deutschen in dem großen Haus: in dieser Nacht wollten sie uns. Berücksichtige ich die fragwürdige Eile, den Häschern entgegenzueilen, so pochten wir drei wohl zehn Minuten nach dem ersten Schlag im Nachthemd an Frau Procházkas Wohnungstür. Unsere Tür stand offen, die Suche entfachte den Zorn der Männer zum offenen Feuer.

Frau Procházka öffnete im Nachthemd unterm Mantel, drängte uns von der Küche aus in ein dunkles Zimmer. Dort kauerten wir im hintersten

Winkel. Das wütende Gebrüll der suchenden Männer, die uns witterten, sie preschten an Frau Procházka vorbei, rissen die Tür auf. Gewehre lang und spitz, ich sah die Mündung, näher, näher, das Metall hart auf dem Magen. Hände hoch, hauchte mein Vater. Wie aus einem Mund schrien sie aufgebracht: Hände hoch, das sollte ihnen keiner nehmen. Mit dem Lauf auf der Brust bewegten wir uns der Küche zu. Gezogen von tödlichen Blicken. Vielleicht trugen die Männer Mützen tief im Gesicht. Die Mutter schrie flehentlich zwei Worte, sie blieben stecken zwischen den Schatten auf dem Weg, der keinen Boden unter den Füßen gewährte: Nicht schießen! Daß ich Jahre später unaufgefordert im Bett nachts hochschnelle und die Hände hochreiße.

In einer Reihe mußten wir uns in der Küche aufstellen. Seither träume ich, auf einem Exerzierplatz zu üben, damit es sitzt wie ein Schuß. Ein Mann schrie: Ausziehn! Hinter der Gewehrmündung erkannte ich beinah unsere Küche wieder, die aussah wie die von Frau Procházka, ohne Erschießungskommando. Frau Procházka mußte sich nicht ausziehen, aber die Luft vor ihr bewegt sich, ihr Leben ist durch uns in Gefahr.

Ich war aus weißem oder silbernem Glas, um das herum sich ein Geist wand wie ein nebliges Hand-

tuch, das sollte wohl ich sein. Da konnte ich von fernher verfolgen, wie der Mann mit dem Gewehrlauf einen Arm meines Vaters nach oben stieß, wütend hochheben schrie und nichts fand: keine SS-Tätowierung. Bei mir suchten sie nichts, oder doch, wie hätte ich das noch gespürt.
Enttäuscht, übermüdet schlürften die drei Männer in schweren Stiefeln aus der Küche, aus dem Haus, die Anstrengung war umsonst gewesen. Frau Procházka begleitete sie bis zur Wohnungstür, spricht tschechisch mit ihnen, schließt hastig hinter ihnen ab. Ihr lehmiges Gesicht, die dunklen Höhlen, jemand hätte sie trösten müssen. Sie trug das braune Haar zu einem Knoten gesteckt, bestimmt war sie eine Großmutter. Uns fiel nicht ein, uns anzukleiden. Da hebt sie mein Nachthemdchen auf, stülpte es mir über den Kopf. Gut, wie sie mich ansah, sie hätte wohl gern gelächelt.

Der Teich

1

Das ist die Geschichte von Hanna, die in der gefürchteten Hölle mehr Trost fand als im Himmel auf Erden, verheißen vom Reich, versehen mit Leid und Einsamkeit, ohne hinterher zu trösten, das hast du gut gemacht mit der Leiche. Nahestehende meinten sogar, es hätte der Leiche nicht bedurft, noch wären die Umstände nötig gewesen.

Fern vom Fadenkreuz saß Hanna im September 1943 mit dem dreijährigen Karlchen sicher in Thammühl, evakuiert aus Berlin. Saß dem Ziel der Zeit sozusagen gegenüber, damit die schöne Großstadtwohnung ohne Hauptzeugen zerbombt wurde, den Sieg immer vor Augen, Schmerz verriet eine feindliche Einstellung. Genoß Hanna die Sommerfrische, oder war Thammühl ein Traum, das stille Dorf am Hirschberger See, mitten im Böhmerwald, nordwestlich der Bösige, zweier vulkanischer Kegelberge. Der See, betagt und selbstvergessen seit Karl IV. oder jung und forsch mit blauer Gänsehaut im Ostwind. Er verbarg die eingesessenen Karpfen vor dem Angler und bewachte den Schlaf der Bären an seinen Ufern, Föhrenwälder, deren Balsam den Einsamen noch in der Ferne aus dem Schlaf riß. Dreißig Minuten nach Westen tummelte sich an heißen Junitagen ausgelassenes Badevolk. Selten hörte man einen Trostlosen da weinen, wenn der See einen kleinen Jungen behalten hat.

Der 25. Juni 1944 versprach mehr als heißes Badewetter. Wolf sollte am Abend eintreffen, Heimaturlaub von der Ostfront, der Himmel wußte, ob es der letzte war. Hanna zog es in glühender Mittagshitze vom Strand fort. Aber Karlchen jammerte vorn im Schlick. Die Badepuppe war im Teich versunken und mußte erst gerettet werden. Dann trabte Hanna den Waldweg heim im blaßgrünen Kleid, die hohe mädchenhafte Gestalt, mit aschblondem Krauskopf und zugeklappter Karpfenlippe. Links an der Hand das quirlige Karlchen, rechts die blaue Badetasche mit der bleichen Puppe obenauf. Die Stupsnase in die Föhren gereckt, sog Hanna den warmen balsamischen Duft ein. Karlchen stolperte und erhaschte Hannas verwegenen grünen Blick.

Unser Vater kommt heute, sagte sie zu Karlchen.

Die Kiefern lauschten gebückt mit offnem Mund, daß es ringsum stille war und die Käfer andächtig ihre Besorgung unterbrachen.
Wer is'n das? fragte der Kleine, den Nixenblick aus den Augenwinkeln hell auf die Mutter geheftet.
Unser Vater, murmelte Hanna sanft, das is' der hübsche Mensch auf dem Nachttisch, weißte doch: graue Augen, die wuschligen Brauen, sie zeigte an ihrem Gesicht, was sie meinte. Unsa Vater, echote Karlchen und bettete wie Hanna das Kinn an den Hals, übte eine Karpfenlippe und erkundigte sich eifrig, ob der Nachttischvater das Schwesterchen mitbringe vom Storch. Hanna gluckste. Für so was war im Feld keine Zeit. Feld, bestätigte Karlchen.
Rechts öffnete kniehohes Gestrüpp den Blick zum See. Das Mäuseschloß saß braun im Wasser. Manche mieteten einen Kahn, ruderten hin. Hanna fürchtete, der Kahn könnte kippen, Karlchen was zustoßen, mit'm Kahn, hat Hanna ins Feld geschrieben und Karlchen vorgelesen. Auch das vom Storch? hat Karlchen geprüft und hell aus den Augenwinkeln gelacht.
Unwirklich schön die Gegend, ein großer Maler mußte sie erschaffen haben. Hanna genoß die letzten Meter auf dem Nadelteppich, schnupperte am Kieferntduft und dachte mit Herzklopfen: Wolf. Der Weg mündete hier in das Dorf. Vom kleinen Strand

rechts hinter dem Restaurant hallte dünnes Geschrei.
Hanna lief lieber die halbe Stunde durch die Kiefern, gestand sie Frau Hilfer. Jetzt keuchte sie links den holprigen Lehmweg bergan zwischen Sträuchern. Dann geradeaus ein Stück Fahrweg, rechts drei Bauernhäuser, geschafft: hinter den beiden Sommerlinden mitten im Ort der Hof von Hilfers. Den hinteren Gebäudeteil erreichte sie sonst über den Haupteingang im Hof. Heute flog sie mit Karlchen links vom Haus die Gartentreppe empor bis zur oberen Terrasse. Eingezäunt drei mal fünf Meter, bereicherte die Wiese vor dem Obergeschoß Hannas Unterkunft. Geradeaus hinterm Staketenzaun der Weg, den Hanna gekommen war.
Beide Fenster standen sorglos offen, das heißt nicht, daß überall hinter offnen Fenstern Flüchtlinge hausten. Hanna stieg ächzend durch das hintere Fenster in die gute Stube: ein Fremdenschlafzimmer, wie es zuvor an Sommerfrischler vermietet war. Es unterschied sich vom dunkelbraunen Fremdenschlafzimmer nebenan durch Hannas blauen ausziehbaren Holznähkasten, der unumstößlich die gute Stube kennzeichnete. Hier schlief Karlchen, nebenan im Schlafzimmer Hanna. Und jeder war in seinem eigenen Schlafzimmer krank, mit Grippe oder Husten. In der guten Stube sen-

dete der Volksempfänger unverwandt Schlager, für Kriegerwitwen und die, die noch bangten. Erinnerte pausenlos an die armen Frontschweine, wie Frau Hilfer das nannte. Nach *Les Préludes* von Liszt mit Sondermeldungen aus positiver Sicht die Verluste an der Ostfront. Wovon kann der Landser denn schon träumen – eine verführerische dunkle Frauenstimme beruhigte Hanna. Wo Wolf jetzt wohl war – irgendwo Halt gemacht? Oder fährt er durch? Unter der Laterne, vor dem großen Tor.

Wenigstens gab es kaum etwas aufzuräumen, das tröstete Hanna tagsüber. In Berlin, ach! in Berlin war ihr eine Dienstspritze hörig. Hanna rief: Bertha!, sonntags Woholf, im Nu deckte sich der Tisch. Karlchen hob den Kopf, als seine Mutter heute fröhlich Ber-tha! rief. Beobachtete mit offnem Mund, wie sie trällernd vorm Bett im Koffer kramte, die weiße Spitzendecke rausfischte und im Gegenlicht das Sternmuster bewunderte: Selbstgestickt! Die Sonne stürzte sich glühend in den Wald und zündete den Himmel an. Als schwere Stiefeltritte die Holzstiege erschütterten und Hanna ihr Herz festhielt. Karlchen erschrak: Der Mann vom Nachttisch stand da.

Am nächsten Morgen schlenderte die kleine Familie zum Strand. In Berlin ausgebombt, hier atmeten sie das Glück ein. Sie hatten Hannas See, und das

Mäuseschloß, rief Wolf lachend. Er drehte sich mit Karlchen auf dem Buckel, der Kleine jauchzte. Da hielt Wolf inne, bat Hanna, ihn zu kneifen, das hier käme ihm unwirklich vor. Wenn nur der Geschützdonner nicht wär. Hanna schüttelte lachend den Kopf. Wolf hörte ihn in jeder Stille. Bald werden sie die Sechzehnjährigen verheizen, sagte er leise, Hanna verstand ihn kaum. Gegen zwei Uhr nachts flüsterte Wolf, soll wieder ein Junge ertrunken sein. Hanna sagte: Kein Wort sonst. Er grinste grau und wisperte die alten Worte über ihrem Mund, da verschwand der Krieg aus dem braunen Fremdenschlafzimmer. Mit Nixenaugen offenbarte ihm Hanna im Morgengrauen: Karlchens Storch! Der Kleine plagt mich, ob er rosa oder hellblauen Zucker streuen soll aufs Fensterbrett. Wolfgang lag, die Hände hinterm Kopf verschränkt. Das soll er schön lassen, sagte er mit Marmorblick.

2

Es gab keinen weißen, aber hellblauen Zucker. Karlchen streute ihn aufs Fensterbrett und bestellte kurzerhand ein Brüderchen. Ohne den Vater, der seine Pflichten seit acht Tagen an der Ostfront erfüllte. Hanna saß geduckt vor ihrem blauen Nähkasten und stierte auf die zerrissene feldgraue Wehrmachtshose, aus der kleine Hosen wuchsen für Karlchen. Draußen, im großen Theater sprühten die Funken im Drama Zweiter Weltkrieg, uraufgeführt am 1. September 1939 mit dem Prolog: Seit heute vier Uhr fünfundvierzig wird zurückgeschossen. Zunächst auf den Schlachtfeldern Europas. Auf welchem Feld wird Wolf geschlachtet, oder schlachtet Wolf, im Juli vierundvierzig? Keine Zeit für Feldpostbriefe, oder zu tot dafür? Hanna kroch in den Volksempfänger, wie damals, vor Wolfs Urlaub, am 6. Juni, während der Landung der West-Alliierten in der Normandie. Oder während der Katastrophe im Osten für die Heeresgruppe Mitte, nach einer Großoffensive der Roten Armee. Der Volksempfänger log. Aber man kam nicht ins KZ, als wenn man London hörte, und dadurch entging einem, was sie im Konzentrationslager machten. Hanna wurde speiübel, sie war wohl schwanger, sie würgte, Goebbels rief gerade den totalen Krieg, und Hanna heulte auf, ach Wolf, jetzt sind doch die kleinen Jungs ab sechzehn dran, und bei uns stimmt auch was nicht. Hanna wurde ohnmächtig: Der Storch hat den hellblauen Zucker gefunden – Deutschland braucht Soldaten, für vier wird der deutschen Mutter das Verdienstkreuz umgehängt, in diesen Zeiten, dachte Hanna, als sie zu sich kam.

Karlchen jammerte und zupfte an ihrem Ärmel. Er war jetzt der einzige Mann in der Familie.
Sieh mal, Häseken, erklärte sie dem kleinen Mann, keiner weiß, wie lange der Scheißkrieg dauert (sie sprach das Wort leise). Nun haben die nicht mehr genug Soldaten, und der kleine Hermann von Hilfers, der muß nun auch ins Feld. Karlchen wirkte betroffen. Als verstünde er nicht, in vierzig Jahren nicht. Und zog ein Schnippchen, wie immer, wenn ihm zum Weinen war. Jetzt lernte er schlimme Wörter. Er fühlte sie leise, weil sie nicht anständig waren. Und riß die seegrünen Augen auf im Puppengesicht. Sein weinerliches Lächeln versprach, der Mutter beizustehn. Sie schlossen einen Kreis mit den Händen, es war als beteten sie.
Wolfs Warnung dröhnte in Hannas Ohr. Unerbittlich schwoll seine Stimme im braunen Fremdenschlafzimmer: bloß wegwegweg. Bis sie Karlchen versicherte, so beschissen wär's noch nie gewesen.
Wie geschliffenes Kristall funkelte der Januarnachmittag im siebenten Monat, als Hanna sich aufraffte und mit Karlchen und dem Bauch an den Strand lief. Heute begann die russische Großoffensive vom Brückenkopf Baranow, der Vorstoß auf Deutschland. Nicht Hanna: der Bauch wußte Bescheid, hellhörig wie die Föhren am See. Im ersten Drittel führt der Weg ein Stück durch den Wald.

Jetzt schimmerte von links das Seelicht unter das grauerstarrte Föhrendach. Zwischen den schwarzen Stämmen, wachsam wie Fachwerkständer, fühlte Hanna sich halbwegs sicher. Sie verschnaufte und stierte auf den See. Zu früh sank die Sonne totenbleich ins nasse Bett. In die scheinbare Abwesenheit des Wassers, als hätten sich seine Geister schon auf den Weg gemacht. Hanna schöpfte tief Luft. Wenns ein Junge wird, heißt er Manfred. Wie der Onkel, der vierzehnachtzehn umkam, dann hatten sie wieder einen Manfred in der Familie, dachte sie. Die Föhren schauerten unterm kalten Laken aus Schnee. Ihr habt doch zugesehn, rief Hanna ihnen zu – im Juni, Wolf mit seiner Hand aus Fleisch und Blut, Wolfgang der Frontsoldat mit Hanna im heißen Sand, und das Gefühl, gewonnen zu haben: das Leben, mit seiner flüchtigen rätselhaften Süße. Nur unglückliche Menschen, wollen sie gewinnen, sinnen auf Auswege wie Krieg. Wolf und Hanna, übermütig auf ihrem Heimweg. Wie früher, wenn die Mutter mahnte: Mädchenmädchen, wenn du so rumalberst, gibt's heute abend noch Tränen. Aber am Abend auf der Terrasse, vor dem braunen Fremdenschlafzimmer mit dem blauen Nähkasten, saßen sie lange in der sorglosen Nacht aus feldgrauer Seide, bestickt mit Mustern aus Licht und Hoffnung. Auf Liegestühlen, die für

Sommergäste gedacht waren, hockten sie gegenüber dem Fenster am Zaun, dessen Fundament eine weitere höhergelegene schmale Terrasse stützte. Sie gehörte mit zur Wohnung und grenzte zum Hof hin an Hilfers Scheunengiebel. Gegenüber am Fahrweg der Zaun auch unbewachsen, daß keiner ungesehn lauschen konnte.

Denkst du wieder an Krieg? fragte Hanna, träge Berliner Fronturlaubskatze, ungesättigt ihre Pianistenhände bewundernd. Lauernd nach einem Blick, sonst nach einem Glas Korn. Wolf, die Hände gespreizt auf die Knie gestützt, einsame Rohplastik, die morgen gut abgetrocknet in den Brennofen soll, sein Gesicht im waghalsigen Lichtkegel aus dem Schlafzimmer lehmig und fahl. Wenn die Russen kommen, sagte er unbewegt und sah durch Hanna hindurch auf trostlose Bilder, dann bloß weg hier.

Mami, rief von weit her ein Stimmchen neben Hanna. Sie zwängte sich wieder in den eisigen Januarnachmittag. Längst kein funkelndes Kristall mehr, in graue Asche zerfallen der Tag. Unter Karlchens Tritten knirschte der Schnee. Die Vögel schliefen, das machte die Stille im Wald gespenstisch. Daheim huschte Hanna durch die Wohnung, knipste das Licht an: vierzig Watt in den grünen Ampeln über den vier Ehebetten, zwei mal fünfundzwanzig in den vier braungeblümten Nachttischlampen mit den Fransen. Die winzige Küche borgte sich das Licht vom Nachttisch. Hundertdreißig Watt gegen die Angst, die Hanna in einen Trichter zerrte aus schwefligem Nebel, mit grünen Spiralen, bis ihr speiübel wurde. Sie mußte sich erinnern, die Sternennacht wachrufen, die Geburt der Angst, da – auf dem rotweißen Liegestuhl, vor ihr jetzt dicht Wolfs Gesicht. Sein Atem Tabak, Korn und hübscher Mensch. Die machen kurzen Prozeß, zischelte er im glatten Gesicht mit dem schräg erhobenen Kinn, er zählte auf, als sähe er Hanna schon auf der Landstraße: Leiterwagen, Wolldecken zwei, Koffer und Karlchen, zählte auf, was zu tun war. Hannas Augen wurden schwarz, Wolf spähte in alle Richtungen, wisperte, oder willste vergewaltigt werden? Und ich im Schützengraben, und der Kleine? Hanna wußte nicht, saß sie hier im Theater oder war so der Krieg. Wolf klappte den Mund zu, spreizte die Lippen, wie immer, wenn alles gesagt war. Dabei nickte er, wieder und wieder, bis es ein Wiegen war mit dem Oberkörper, hin und her, hinundher, als wollte er fliehen, in eine sichere Vergangenheit, am liebsten zusammengekauert bis in den Schoß zurück vor dem ersten Schrei, das ist schöner als sterben. Am nächsten Morgen küßte Wolf seine Familie, dann verschlang ihn der

Schnellzug, an dem die Soldaten wie reife Trauben hingen, Fraß für die Front. Wolf eine Beere mehr. Hanna wartete, bis aus der Beere, dann aus dem Zug ein Punkt wurde und im Dunst verschwand.

Hanna erkannte die Umrisse der Möbel wieder und holte Luft. Mit Wolf Pferde stehlen, hieß schon immer: wenn er das Pferd allein aussuchte, starb es im Zorn. In dieser Nacht tat Hanna kein Auge zu, wälzte sich von einem Bett ins andere, bis sie neben dem leeren rechten auf Wolfs Nachttisch nach der Flasche Korn griff. Sie umklammerte das volle Glas, als hielte sie die Angst in Schach. Saß aufrecht im Bett, dachte: Hätt auch sagen können, das schaffst du schon, wie, überlaß ich dir. Und daß er ihr vertraute, in seinem Schützengraben. Das war Hannas Kragenweite, das verstand sie, nur das.

3

Es goß, als müßte Thammühl im Hirschberger See versinken. Auf einer sanften Welle würden sie abwärts ins Mäuseschloß gleiten, Hanna mit den Kindern. Im Märchen am 31. März 1945. Wenn schon, wollten sie beisammen bleiben. Um keinen trauern müssen. Frau Hilfer und die Hebamme hantierten geschäftig im hinteren Fremdenschlafzimmer. Huschten lautlos, emsige Mäuse mit weißen Tüchern und dampfenden Schüsseln. Bis es erbärmlich schrie, weil Mani die Welt erkannte, Kopf nach unten. Halb betäubt nach der schweren Geburt, phantasierte Hanna: So nette Mäuse, hier bleiben wir – alle zusammen. Mani schien sich zu sträuben vor diesem Leben, beschloß aber mitzumachen, wie ihm geheißen. Möglichst dem Vater zu vermitteln, was in langen Monaten gelitten war, lachend im Dorf vor andern Leuten, pfiffig, mit Grübchen im Kinn und Mani im Bauch. Manfred, hauchte Hanna. Dann verschlief sie den Rest der Tausend Jahre. Fütterte Mani, kümmerte sich wieder um Karlchen, schlief weiter. Zwischendurch fuhr sie hamstern mit dem Kinderwagen. Sobald der Volksempfänger die Schnauze aufmachte, wie Hanna es kriegerisch nannte, legte sie sich ins Bett und pflegte ihren kleinen Tod. Von weit her vernahm sie in Alpträumen Frau Hilfers geflüsterte Berichte: russische Endoffensive Mitte April an Oder und Lausitzer Neiße – die Russen kesseln Berlin ein, rücken von Stettin nach Mecklenburg vor, sie schütteln den Amerikanern bei Torgau an der Elbe die Hand, am 2. Mai kapituliert der Stadtkommandant von Berlin – Marjandjosef, rief sie: Seit heute haben die Russen Dresden, heute ist der 8. Mai – her'n Se mir ieberhaupt zu, Sie müssen weg. Hanna war nun hellwach.

Von ihrer Schwester war eine letzte Postkarte eingetroffen: Kommst Du morgen, wir könnten zusammen Urlaub machen, las Frau Hilfer vor. Wolf ließ Dora nicht gelten, die weiß immer alles, die große Sängerin. Ich helf Ihnen packen, flehte Frau Hilfer, dann kriegen Se heute noch'n Zug zu Ihrer Schwester – in zwei Stunden sind Se dort, dann können Se zusammen fliehn.

Wenn die Russen kommen, hat Wolf gesagt: weg um jeden Preis. Wenn sie Dresden hatten – Wolf würde sagen: dann eben hintenrum, wo sie schon durch sind, Böhmisch-Leipa, Hoyerswerda, da ruhst du dich bei deinen Verwandten aus – Cottbus – Berlin, na bitte, wird schon schiefgehn.

Jetzt zu Dora, überlegte Hanna, das würde Wolf nie verzeihn, was Dora machte, war immer Mist, dann kriegt sie die Schuld, nein – ist schließlich meine Schwester. Als am 9. Mai 1945 die Russen Prag besetzten, zog Hanna ihre Kinder die halbe Nacht an, aus und an, bis sie mit drei Häuten übereinander im Morgengrauen wie Mäuse aus dem Fenster huschten, die Treppe zum Hof hinaus. Mani im Kinderwagen, obenauf Tasche und Decke. Gottes willen, warnte die Hilfer, mit'm Koffer machen Se sich verdächtig.

4

Nicht länger auf Kohlen und Kartoffeln: auf Messern und Gabeln lag Mani, fünf Wochen alt, fünf Tage, Nixenauge und Doppelkinn. Auf Ledersohlen, Fotos, Kochtopf, weißer Spitzendecke. Mit Flaschen war er zugedeckt. Die zwei Flaschen Milch, heute nacht aus Frau Hilfers graublauem Mantel wie Sterne aufgegangen, wie lange reicht das, mit der Trockenmilch? Penelope auf Heimatfahrt. Ohne Umwege wäre Odysseus heimgekehrt zum baumgeschnitzten Bett, mit zwei Kleinkindern am Arm, Milchflaschen und Windeln. Hanna lächelte ihre Kleinen an, erst Mani, dann Karlchen, ihm durfte sie ihr Hasenherz zeigen, dem einzigen Mann hier.

Nun war Hanna kein Franz von Assisi, der sich kasteite: Nicht das ich getröstet werde, sondern ich andere tröste; nicht daß ich verstanden werde, sondern andere verstehe; nicht daß ich geliebt werde, sondern andere liebe: umgekehrt war ihr das angenehmer. Obwohl sie kein Unmensch war, eher eine rührende Seele, wenn ihr danach zumute war. Das hielt Eingeweihte zurück, sie um etwas zu bitten, weil der richtige Zeitpunkt unbekannt war und sie von sich aus keine Nähe suchte. Welche Urahnin hat hier Eigenschaften vererbt, keine will

es gewesen sein. Am frühen Tod der Mutter, an der Unfähigkeit der willigen, blutjungen Stiefmutter lag es angeblich auch nicht. Schließlich kümmerte sich Wolf um alles, was mit seiner Hände Arbeit möglich war. Vielleicht hatte Hanna keine Lust mehr, ein Tugendbold zu werden, weil der inzwischen nach ihr zugeschnittene äußere Rahmen paßte. In Berlin mit ihrem Vorkriegswolf.
An jenem 10. Mai stieg Hanna in den Frühzug nach Böhmisch-Leipa, als ob sie in der Nähe ihre Schwester besuchte. Schlotternd und schweißnaß. Partisanen schossen auf der Straße auf Deutsche, weil sie im Augenblick keine Menschen waren. Hanna, Karlchen, Mani auch nicht. Von nichts kommt nichts, dachte Hanna, und immer ist unsere Ehre und Glaubwürdigkeit auch abhängig von denen da oben. Nur der liebe Gott sorgt, irgendwann, für Gerechtigkeit. Aber wer aus Haß unzugänglich wird, übt Rache als Vergeltung auch an Unschuldigen. Dem Haß genügt die Vermutung. Mani konnte es mit der Muttermilch genossen haben, aber Hanna war nicht in der Partei. Wolf konnte den Befehl verweigern und sich erschießen lassen: Er wählte die Angst um seine Familie im Schützengraben. Und ich hätte schwarz London hören sollen, dachte Hanna wirr, und dafür ins KZ – dann wären meine Kinder irgendwo alleine umgekommen.

Wäre ich dann nicht schuldig gewesen? Hanna umklammerte auf ihrem Schoß die Kinder und betete lautlos auf der Eisenbahnbank: Lieber Gott, hilf uns, allen die hier sitzen. Ihre Knie schüttelten auf und nieder, die Absätze trommelten hart auf den Boden des Abteils. Graue Menschen mit ausgehöhlten Augen sahen zu und vergaßen einen Augenblick zu zittern. Als Tiefflieger in Richtung Leitmeritz den Zug beschossen und der Zug kurz vor Böhmisch-Leipa hielt, hastete Hanna mit dem schweren Kinderwagen und Karlchen hinter den andern aufs freie Feld, bis zu dem Weg mit den Sträuchern. Später, vor Sonnenuntergang, erbarmte sich auf der Landstraße ein Fuhrwerk.

Die erste Nacht schliefen sie in einer verlassenen Scheune, es folgten Tagesmärsche, Hunger und Erschöpfung. Oft war eine erschreckend kurze Strecke zurückgelegt. Die Türen, an die Hanna spätabends klopfte, blieben verriegelt, denn die Menschen dahinter hatten Angst. Die Milchvorräte versiegten, jemand teilte die gutmütige Spende einer ausgemergelten Ziege mit Hanna, weil der Gleene so sieß wor. Nächte furchtsam unter Bäumen, wenn Mani schrie, in Scheunen oder ein, zwei Tage bei einer beherzten Seele im Bett. Am 20. Mai erreichten sie Hoyerswerda. Bei Hannas Verwandten wären sie gerettet. Aber in der Stadt wurde noch gekämpft, so mußten sie sie umgehen und sich weiter über die Dörfer nach Cottbus schleppen. Laßt Muttern mal machen – die schafft das schon, spornte sie Karlchen an. Er schlief jetzt auch tagsüber quer überm Kinderwagen.

5

Hohläugig, mit geschnitzten Gesichtern zog die kleine Schar lautlos an Cottbus vorbei. Der Kinderwagen, für Frontnachwuchs gebaut, erfüllte unerschrocken seine Pflicht auf der zerstörten Landstraße, die kleine Schar folgte ihm. Vorbei an gespaltenem Gestrüpp, bis es dämmerte. Hier und da ein Gewässer, gespenstisch wie ein offnes Grab. Mit zornig schraffierten Ufern. Weiden hängten die Arme grau ins Wasser, als versenkten sie just einen Schatz. Sie erreichten den Teich wie einen alten Bekannten. Um endlich auszuruhn und vorher Brot zu essen. Trotz der erbettelten Wassersuppe verstummte Manis Nahrungsquell seit Tagen. Ein großer Mann wie Karlchen trinkt Wasser und hält sich tapfer, einer wie Mani brüllt vor Hunger bis selbst das anstrengt, lächelt ausgezehrt und stirbt. Karlchen, flehte Hanna, wach auf, Karlchen, komm runter vom Wagen, du mußt mir helfen! Von weit her hauchte der kleine Mann: Schlafen – Mami. Behutsam hob Hanna den Jungen vom Wagen, setzte ihn an den Baumstumpf zwei Meter daneben. Nun bleibst du hier bei der Tasche, hörst du? Sie wußte, daß er seiner Mutter grenzenlos vertraute. Er schlief schon wieder. Hanna tastete sich zum Kinderwagen, ein Ast knackte unterm Schuh. Sie hielt den Atem an: Man war nicht sicher, vor Siegern auf offner Straße und vor Plünderern ungleichen Begehrs hinter Strauch und Baum. Die drei hatten schließlich den Krieg verloren, um den sie nicht gebeten. Was, Karlchen? Und Mani, wirst du büßen? Sterben ist leicht, wer möchte glauben, daß jemand was davon hätte. Fünf Schritte entfernt von Karlchen ließ sich Hanna auf einem Stein nieder. Die drei saßen nun geschützt zwischen Wänden aus Gestrüpp und Trauerweiden. Immer wieder stand Hanna auf, starrte in den Kinderwagen, streichelte den Kleinen, rieb seine leblosen Bäckchen, damit er wieder warm werde. Tränenlos bewegte sie die Lippen. Murmelte mein Gott mit leerem Blick. Sie hob das zarte Bündel aus dem Wagen, drückte es zärtlich an sich, als könnte sie ihm damit erklären, warum er tot war. Beruhigt, solange sie ihr Kind im Arm hielt, überlegte sie fieberhaft, wie sie die Zeit anhalten könnte: Es mußte doch einen Trick geben – und morgen ist alles wieder gut, für immer und

ewig. Stunden vergingen, Nacht war es geworden. Der Mond wartete hinter einer Wolke und vergrub sein Gesicht. Er wollte die kleine Trauergesellschaft nicht auch noch verraten. –
Ein Schuß löschte die anwesende Ewigkeit. Hanna fuhr auf und sah Karlchen drüben am Baumstumpf neben der Tasche stehn. Sie hieß ihn wieder sitzen, mit dämonischem Lächeln. Steckte ihr Gesicht ins Bündel vor der Brust und flüsterte: Wenn du oben ankommst, mein Kleiner, dem wenigstens muß man nichts groß erklären – der weiß immer genau, wie's war. Ging zum Kinderwagen, zerrte die gerettete Spitzendecke unten aus dem widerspenstigen Flüchtlingshaushalt und hüllte Mani zärtlich ein. Was wog dieser Augenblick, womit wird das gemessen? Als Hanna das Ufer erreichte, tröstete sie ihr totes Kind. Und es hörte sich wie ein Lied an, weil Hanna weinte. Nu haste ausgesorgt, mein Kleiner, mehr kann ich dir auch nicht sagen. Hierbleiben kann ich nicht. Wegen Karlchen. Das mußt du verstehn. Und wie die Weide neben ihr bis zur Armbeuge im Wasser, versenkte sie ihr Kind im Teich.
Karlchen reckte ängstlich den Kopf vor und lauschte mit aufgerissenen Augen, was seine Mutter dort machte. Dann stand Hanna am Wasser mit gefangenem Schrei. Auflösen wollte sie sich, in der

Luft, überm Wasser. Oder links die graue Weide sein und Mani beschützen. Und singen, wenn der Westwind in ihren Zweigen spielt, fein silbern.

6

Von der Bäuerin hatte Hanna gestern das Brot und die Nachrichten. Deutschland war seit zehn Tagen besetzt. Die Macht nun in den Händen der Anti-Hitler-Koalition. Und auf den Straßen und Wegen war man seines Lebens, als Frau seiner Würde nicht sicher. Weich zugedeckt mit schwerem Nebel ließ sich der Teich im Schlaf nicht stören. Er hing wohl eigenen Träumen nach. Jetzt, wo er Mani hatte und mit ihnen verwandt war. Erschreckt fuhr Hanna aus dem Halbschlaf auf und hielt sich die Schläfen. Vielleicht sagt mir einer, was ich hier mache, schrie sie, warum wir hier im Schlamm liegen – was is' überhaupt los, wo ist denn meine Wohnung – meine Kinder, ich muß wohl verrückt sein! brüllte Hanna. Karlchen rüttelte an seiner Mutter und schrie, er habe nun richtige Angst. Es dämmerte, und die Amseln sangen heute zu laut am Teich.
Mein Gott, Karlchen, flüsterte Hanna. Sie hatte ihn vergessen, sie war kein Mensch mehr. Langsam beugte sie sich mühselig wie durch Wasser zu

Karlchen und umarmte den kleinen Mann. Sie tastete nach seiner Wange: warm und ausgehöhlt. Es war leicht, den Kleinen zu lieben und Karlchen. Diese Liebe war ein Widerschein. Ich hätt ihn wenigstens in die Tasche legen sollen, dachte Hanna, und leise sagte sie: Jetzt, jetzt werd ich verrückt. Karlchen seufzte. Sie suchte das rührende Gesichtchen nach einer Hoffnung ab: Karlchen retten! Sie lief mit ihrem letzten Hab und Gut, mit ihrem großen Häseken los. Zwischen Russen und Polen hindurch, zwischen Deutschen, Skylla und Charybdis.

7

Vorbei an Föhrengruppen, die Hannas Blick nicht erwiderten, an Birken vorbei, die ungerührt lachten; über brachliegende Felder bei Tage, auf endlosen Landstraßen in schützender Nacht zog Hanna weiter nach Berlin und malte sich ein eigenes Bett aus. Wenn der Kleine sich in ihr Bewußtsein drängte, zwang sie sich, an Karlchen zu denken: hungern und trauern, bei dem Marsch, nein. Umsonst hat sie an mancher Haustür geklopft: Selbst wenn sich ein Spalt ängstlich öffnete – es gab nichts zu essen. Es sei denn, sie hielt einen silbernen

Löffel hin. Wie viele Löffel sind im Haushalt am Boden eines Kinderwagens? Einmal hielt sie – Guten Tag! – ein Messer hin. Die Tür knallte zu. Hanna rief: Mensch is' doch Silber! Da ging die Tür wieder auf und eine dicke Frau wisperte: Komm' Se rein, wir haben auch nur trocken Brot. Dafür schliefen sie drei Tage und Nächte in Friedensbetten. Karlchen mit zwei schweren Kartoffeln im Bauch.

Blaukarierte Vorhänge wedelten im Luftzug am Ostfenster. Wenn Hanna durch die Scheiben sah, war weit hinterm Horizont ihr Wolf, irgendwo, irgendwie. Gegen Mittag brachte die dicke Frau Suppe aufs Zimmer. Hanna hätte gern weitergeschlafen, aber sie mußte nachdenken. Lebte Wolf? Worüber wollte sie nachdenken? Erschöpft schlief sie wieder ein – sie stand am Teich, er höhnte: Was willst du hier, das geht dich nichts mehr an – hast du dir selber eingebrockt – Wolfs Stimme! Das Haus schrie, in dem Hanna zitternd im Bett saß, oder gellte Hannas Schrei. Und als säße ihr Wolf gegenüber, verteidigte sie sich, seinen Rat befolgt zu haben. Er widersprach. Hanna sagte: Immer hast du alles besser gewußt. Ihre Stimme schwoll an: Und ich war zu feige, die Verantwortung zu übernehmen und doch zu Dora zu fahren, schrie Hanna außer sich, im Bett bei fremden Leuten. Karlchen saß mit riesigen Augen und hochgezogenen Schultern neben seiner Mutter und wiegte sich hin und her. Bis Hanna das auffiel. Karlchen, flehte sie, sei deiner Mutter nicht böse. Ich bin nur so traurig. Wenn unser Vater wiederkommt, wird alles gut, das versprech ich dir. Karlchen lächelte scheu. Dann sahen sie vom Bett aus nebeneinander blind durch das Ostfenster, mit zugeklappter Karpfenlippe, bis ihr Blut sich hinterm Horizont weiß färbte.

8

Von andern Wanderern auf der grauen Landstraße unterschied sich Hanna durch die blaue Badetasche, wie sie mit Karlchen nach Berlin lief, als gingen sie baden. Dabei sah Hanna über jedem Tümpel eine Seele aufsteigen, sie konnte sich nicht einmal darin waschen. Nun kam es öfter vor, daß Hannas Beine dick anschwollen und versagten. Wieder hoffte sie, im nächsten Ort einen Güterzug zu erreichen, falls das Gleis dort unbeschädigt war. Der Bahnverkehr beschränkte sich auf eine Fahrspur, weil das zweite Gleis als Kriegsentschädigung von der russischen Besatzungsmacht beschlagnahmt war.

Es war am 10. Juni, als sie sich in der Nähe eines Ortsschildes ohnegleichen, BERLIN … km, rechts an die Böschung fallenließen. Da hielt ein Lastwagen neben ihnen. Zwei Russen sprangen heraus. Hanna klammerte sich an Karlchen, schloß die Augen und hörte die Russen in ihrer Sprache schreien. Als sie eine schwere Tatze auf ihrer Schulter spürte, schlug sie zu Tode erschreckt die Augen auf. Der dicke Russe fuchtelte mit den Händen in der Luft, schrie Chleba und Matka. Der andere, ein Dünner, Kopf wie ein weißer Spitz, kam angerannt, hielt Hanna Wodka hin. Nicht mit mir, hauchte sie. Du nix Angst, beruhigte sie der dicke Russe mit den Lawinenhundaugen. Nix Angst, befahl er. Hanna schluchzte wie ein Tier. Gutes Matka, beruhigte der Lawinenhund. Klopfte sich mit dem Finger an die Brust und erzählte, als spräche er von einem Wunder: Ich – Matka, und wies mit der Hand nach Rußland. Da wo Wolf war. Hanna entdeckte die braunen Augen im Feind. Und die abgewetzte, viel zu warme Pelzmütze über der Uniform. Gutes Matka, wiederholte der Lawinenhund, nun lachend zu Karlchen gebeugt. Dann legte er seine Hand wieder auf Hannas Schulter. Mami, verbesserte Karlchen, mit ungeheurem Ernst aus grauenvollen Augenhöhlen. Dann aßen beide Brot. Von irgendwoher schlug eine Kirchturmuhr. Aber es war kein Dorf zu sehen. Hanna wunderte sich, daß auf einmal Juni war, die Sonne warm schien und sie noch immer das blaßgrüne Kleid trug. Karlchen betrachtete ungläubig die Schokolade vor seinem Gesicht, bevor er schwer atmend die Hände aufhielt. Dann wurden sie in den Lastwagen geladen, Hanna vorn, Karlchen hinten auf der Pritsche zwischen Säcke gebettet, so sehr sich Hanna wehrte, den Jungen loszulassen. Sie fuhren Richtung Berlin. Du singen! befahl der Lawinenhund und lachte. Der weiße Spitz goß ihr Wodka in die Kehle, bis Hanna »Heimat deine Sterne« sang. Der Lawinenhund antwortete mit glockenreinem Tenor. Hanna wiederholte: Adnaswutschno chremit chalacholtschik, und der Spitz goß ihr schon wieder Wodka in die Kehle, der Spitz wollte es so. Hanna heulte »die Fahnen flattern uns voran« und merkte es nicht.

Füllten bis hierhin die beiden Russen das Blickfeld, so fesselte Hanna jetzt das Grauen in den Straßen: als führen sie den Hades besichtigen, mit Hilfe eines Reisebegleiters, aber dort hätten die roten und blauen Kopftücher überrascht. Hanna wußte, daß Berlin zerbombt war. Beinahe freundete sie sich mit den Trümmern an: Unversehrtheit, polierte Ordnung hinter weißgerüschten Fensterscheiben hätte sie kaum ertragen, wo ihre Wohnung von dieser Erde verschwunden war. Der Lastwagen hielt vor einer Ruine, mit einem Pappschild BETTEN. Was die Russen alles wußten. Sie hoben die Matka voll Wodka auf Berliner Boden und sputeten sich, das verschmierte Karlchen und den Kinderwagen neben sie zu stellen. Aber Hanna setzte den ersten Fuß in ihr altes Berlin, vergaß, was sie mit ihm gemacht hatten. Neben ihr schwebten russische Lawinenhundworte in der Berliner Luft, es klang nach Heimweh. Er mochte fünfunddreißig sein, und er hat im Kinderwagen das einsame blaue Mützchen erspäht. Dann war er, vom weißen Spitz ermahnt, im Lastwagen verschwunden.

9

Nach Nächten in Kellern, in Ruinen bei überlebenden Bekannten, später sicher in Baracken wegen Karlchen, fand Hanna im September ein möbliertes Zimmer, im englischen Sektor. Sie fragte nicht, wo es stand, nur wie es kam, daß bei der Massenvernichtung von Häusern das hier vergessen war. So lag Hanna neben Karlchen wochenlang im Bett und zog sich die warme Decke unters Kinn. Denn kaltblütig war es November geworden. Der Lauf der Dinge konnte keine Rücksicht üben wegen der Narben in Berlin. Sonst hätte die Erde schon oft stillgestanden. Die Kohlen zählten zu den Raritäten nach dem Feuersturm. Wo Kohle so gut brannte. Ab

und zu brachten heitere Gestalten in schlotternden Kleidern ein halbes Brot und eine Tüte Kartoffeln. Weihnachten heißen Tee und zehn Briketts. Aber niemand sah Hanna ausgehen. Der zischende Kartoffeltopf während jener Briketts war das einzige Lebenszeichen. Neben Karlchens heller Stimme: Er sprach jetzt fließend, und seine Augen erinnerten zusehends an das süße Nixengesicht, wie er in Thammühl mit Hanna an den See gehüpft war. Doch wer in jenen Tagen aus dem Osten kam, war mit fünf Lenzen ein alter Mann. Noch lange fragten sich die ungeschorenen Landsleute im Westen, in Häusern, in denen sie geboren waren, was doch ein Flüchtling für ein unbegreifliches Wesen sei.
Die Mutter schwer an Wassersucht erkrankt und selber ohne Schuhe, waren Karlchens Tage im Frieden kein Honiglecken. Wenn unser Vater aus Rußland kommt, beschwichtigte Hanna den kleinen Mann, wird alles besser. Dann stierte sie weiter auf das hohe schmale Fenster. Zu drei Viertel war es neu verglast, der Rest mit Pappe zugeklebt. Daß es noch Pappe gab. Das Tageslicht an der Nordseite fing sich vor allem in den säuberlich geflickten Spitzengardinen. Die überschüssige Helle mischte sich mit der Zimmerluft zu einem narkotischen Dämmerschein. Aber an der Längsseite gegenüber Bett und Schrank, zwischen Herd und Tisch, störte

Hanna die blaue Badetasche. Das änderte sich, als Dora nachts aus der Lausitz kam und einen Sack Haferflocken an diese Stelle setzte, da mußte die Tasche hinter den Schrank. Hanna begann, an Wolf zu denken – wenn sie beide eine Wohnung hätten, in Berlin und, ach!

Im Sommer darauf war Hanna wieder lebendig. Und wer gehungert hat, arbeitete jetzt vielleicht wie sie in einem Lebensmittelgeschäft. – Einmal gab sie nach und fuhr mit Karlchen zum Wannsee. Der Junge lächelte und plätscherte mit seinen dürren Beinen im Wasser. Da sah sie die Ringe um Karlchen, als der Kleine tauchte – wie sie sich dehnten und glätteten. Da mußte Hanna sich setzen und die Augen schließen. Zu Hause schleppte sie sich an den Kleiderschrank und weihte Karlchen in die Sache ein: Ich brauch'n Schnaps. Aber selbst im Glas beängstigte die Flüssigkeit, daß Hanna sie lieber schnell austrank. An diesem Abend saß Karlchen ernst im Bett und betete: Und beschütze meinen lieben Vater und daß er bald nach Hause kommt. Hanna wusch inzwischen rastlos kleine Wäsche, hängte sie über Stuhllehnen und flickte Socken mit Zwirn. Dann hockte sie lange, den Kopf in die Hände gestützt, und vertraute Karlchen an: Hätt bestimmt geschrieben, wenn er noch am Leben wär. Unser Vater.

10

Wieder wurde es Winter. Den Nachkriegsdeutschen war zum Scherzen zumute. Wer sechsundvierzig und siebenundvierzig nicht erfriert, kriegt achtundvierzig die Bücklinge serviert. Doch eines Tages wurde es unvermeidlich Donnerstag. Es war Ende April, und wer überlebt hatte, schrieb das Jahr 1947. Der Regen drosch wütend gegen die Fensterscheiben, bis unsere Helden mit übler Laune aus dem Bett aufstanden. Karlchen mußte schrecklich früh um sieben mit der Mutter Kaffee trinken, seit er in der Schule am Alphabet litt. Gegen halb acht huschte jeder an seine Arbeit, heute wieder mit nassen Füßen. Das Wirtschaftswunder, beginnen würde es mit wasserdichten Schuhen, Karlchen würde lernen, was das ist. Punkt neun lief Hanna wie jeden Morgen um die Ecke nach Hause. So blieben heute die Schuhe naß. Mißtrauisch gewahrte Hanna in den meterlangen Lachen am Rinnstein, wie die dicken Regentropfen Ringe warfen, daß es brodelte und schäumte. Dann lag nur ein grauer Briefumschlag im Kasten. Maschinenschrift. Der Absender bohrte sich in Hannas Eingeweide. Bis der Steinfußboden im Stiegenhaus sich aufrecht stellte und Hanna kalt an der Wange berührte. Weil sie bis zehn nicht zur Arbeit erschien, lief der

Lebensmittelhändler selbst zu Hannas Briefkasten. Dort ermutigte die Frau aus dem ersten Stock Hanna gerade: Nu machen Sie schon die Augen auf. Dann halfen sie ihr, den Brief zu öffnen, und lasen ihr vor, das Lager benötige eine Unterschrift und Bescheinigung, wonach Hanna – in welchem Sektor wohne? – aha: in die entsprechende Zone werde Wolf bald entlassen. Aus welcher Gefangenschaft? Kurz darauf traf Wolfs erster Brief ein. Oh, es war seine Schrift: Wenn er in der englischen Besatzungszone eine Unterkunft fände, könnte sie mit Karlchen kommen. Hannas Freude folgte unsägliche Angst. Wie sollte sie das mit Mani erklären? Als der Tag feststand, wiederholte sie ihren Text: Wolf ich – – – Oft kam sie nicht über Thammühl hinaus, spätestens die Nähe von Cottbus versetzte sie in suggestive Amnesie. So reiste Hanna am 3. Juni mit Karlchen ins Westfälische. Wolf hatte auf dem Lande emsig eine stillgelegte Räucherkammer belebt. Mit Blumenstrauß, Matratze für drei, Kochherd und Waschgestell. Als sie sich gegenüberstanden, schien es ganz einfach. Hannas Wortkargheit erklärte sich Wolf mit den schlechten Zeiten. Schließlich hatten die Frauen in der Heimat auch was durchgemacht. Hauptsache, schloß er, du und Karlchen, ihr habt überlebt. Und nu geht's los. Damit begrub er schmunzelnd den Krieg. Schweigen zerbröckelte Hannas Mut. Dann hörte sie ihre Stimme weit weg am Teich sagen, daß sie sich aus der Entfernung kaum verstand: Nun willst du bestimmt wissen, wie's war. Aber Wolf nahm ihr das ab: Na sicher über Böhmisch-Leipa – Cottbus. Hanna stierte ins Glas, als suche sie auf seinem Grund eine warme Hand: die Wahrheit, diese unglaubliche Sehnsucht. Dann fielen Worte in den Teich. Wo is'n der Kleene, fragte Wolf leise, mit Augen, die er aus dem Krieg mitgebracht hat. Sag schon, stierst ins Glas, da is' er bestimmt nich'. Doch, sagte Hanna. Sie trank, da flossen die Worte. Wolf war weiß geworden, dann lernte er, um einen Sohn zu trauern, den er nicht gekannt hat. Das war ähnlich wie im Leben, wenn man einen Menschen nicht kennenlernte, so sehr man sich bemühte. Aber Hanna sprach ihren Satz nie zu Ende, den sie auch nicht kannte. So innig Karlchen betete, um nicht so einsam zu sein, es kam kein Brüderchen. Der Krieg hatte den Vater verletzt. Die Dora, begann Hanna noch einmal, hat zwei Neugeborenen das Leben gerettet, im Russenauto aus Böhmisch-Leipa. Wenn Hanna das Glas leerte, war sie nah an der Wahrheit. Auf dem Grund des Glases lag ihre Verantwortung, die sie Wolf aufbürdete. Um einmal nicht von Schuld zu sprechen: Vielleicht hatte sich eine kleine Seele anders entschlossen, um dorthin zurückzukehren, wo sie mehr sah, um sich für eine größere Erfahrung zu entscheiden. Oder sie hatte Hanna das wenige sagen wollen.

Die Zimmerlinde

Zornig suchte ich im Kinderzimmer, eine Stimme, einen Gegenstand. Der Blick aus dem Fenster hatte nicht geholfen, auch nicht der in mein Inneres. Nach dem Krieg war nichts wie sonst. In Leitmeritz, da hab ich mich hingekniet, innig gebetet, lieber Gott sag mir bitte, wo die Schiefertafel ist. Jetzt, 1948, war der liebe Gott vermutlich noch in Stalingrad, Berlin, Dresden, anderswo größeres Elend zu heilen, als in Bautzen ein einziges Brüderchen zu retten.
Die Mutter wiegte den Säugling im Arm. Von nirgendwoher war Milch geflossen, jeden Milchersatz erbrach er. Morgen würde er so viel wie eine Schwalbe wiegen. Die Mutter sah aus, wie Mütter im Osten Deutschlands aussahen, als sie den Krieg verloren, immer noch, und von weither kamen. Sprach jemand von Frieden? Auch der Hunger hieß Nachkriegszeit.
Der Wind an meinem Ohr flüstert: Das Brüderchen wird uns morgen verlassen. Der Wind hat das

Gesicht meiner Mutter. Selbst er kann mich morgen verlassen, wenn ich nicht achtgebe. Der Wind könnte selbst den Vater davontragen und die winzige Schwester.

Ich beschwor die Dinge, die noch helfen mußten. Sie konnten nicht auch durch den Krieg verschwunden sein, die unsichtbaren Zeichen. Die Luft war noch da, von ihr lebten wir. Liebe Luft, zeig mir den Ort, der hilft, ich kann so mein Brüderchen nicht hergeben.

Die Zimmerlinde auf der Kommode. Eine wäßriggrüne hätte sich abgewandt, nichts versprochen. Aber das auf alles gefaßte Grün, um das sich jede Kuh mit mir gerissen hätte, wartete auf seine Aufgabe, als wäre das schon im Teich vereinbart, bevor der Storch unsere Wege trennte. Ich näherte mich auf Zehenspitzen, ohne auszuatmen, vielleicht war sie ein Geist, ich würde sie weghauchen, alles wäre verloren.

Neben der Auserwählten traten die anderen Gegenstände im Zimmer einen Schritt zurück: das Ölgemälde, das mich als Fünfjährige zeigte, die Mutter hatte auf der Flucht den Tschechen an der Grenze erklärt, das sei ein Stück ihres Lebens, sie dachten, die Mutter sei verrückt. Was half jetzt das Bild, es steckte keine Ahne dahinter, nur mein kleiner Geist. Oder hatte gerade das die Zimmerlinde beeindruckt? Wußte sie von meinen Träumen auf dem Schulweg, als ich sieben war: auch von dem, mit dem dunkelhaarigen Mann in der Zukunft, und zwei Kindern, in glückseliger Wohnung mit zwei Eckfenstern; zwei Jahre danach mußte ich den Traum liegenlassen, mit dem auffälligen Fluchtgepäck, als die Mutter, weiß im Gesicht, hastig rief: Nur, was wir morgen zum Überleben brauchen. Gerade das hätte ich gebraucht. Wer konnte damals so weit denken.

Die Zimmerlinde stand noch da, aber nun blieb sie stumm, tat, als schliefe sie fest, auch am nächsten Tag. Als sammele sie Kraft für die Wette: Wenn sie grün bliebe und saftig, würde mein Bruder überleben.

Mit dem Instinkt der Verfolgten sorgte ich für diesen Engel. Flüstere mit ihm, gebe ihm nachts handwarmes Wasser zu trinken, genau aus dem Topf, aus dem die Mutter ein wenig in einen Napf füllte, um das glühende Händchen des Kleinen zu beruhigen mit einem Umschlag. Die Mutter rief mich leise zu sich, hier sieh mal! Öffnete behutsam die Fingerchen, da leuchtet ein Furunkel, groß wie der Handteller – die Antwort des Neugeborenen auf die Zeiten, was soll er sonst dazu sagen. Das heilt nicht mehr, sagt die Mutter. Die vergeblichen Fläschchen mit einer Füllung, nicht so viel anders

als das Wasser aus dem Topf, das würde ich jetzt der Zimmerlinde zu essen geben.
Wir fütterten um die Wette. Was die Großmutter an Familientreffen darüber sagte, machte die Zimmerlinde geeignet: Wenn man Pech hat, werden sie gelb, erst hängen die Blätter, du merkst schon, wenn sie blaß werden. Mir war das unangenehm, ich mußte an die Gesichtsfarbe von Karpfen denken, seit die Mutter mir vorhielt: Du siehst wieder aus wie ein Karpfen. Dagegen half kein lauwarmes Wasser: es war die Ursache. Aber Zauberer sind einsam – das kleinste Wort darüber und alles wäre umsonst, wie bei Sternschnuppen und vierblättrigen Kleeblättern.
Wenn die Erwachsenen das Fenster öffneten im Kinderzimmer, erfand ich für sie im Nebenraum Schreckgespenster, damit sie neugierig hineilten. Ich duldete an der Kommode keinen Luftzug und schloß besorgt das Fenster. Meine Mutter beobachtete mich, ich würde doch nicht auch noch krank werden.

Eine Zimmerlinde wettet nicht, sie bleibt grün oder sieht eines Tages aus wie ein Karpfen, und dann weiß man Bescheid. Sie machte aber ihre Sache so gut, daß sie zwei Jahre darauf meinen Bruder, uns alle über die Grenze rettete, wo es inzwischen alle

Salben gab. Sie hätte mit uns flüchten müssen. Doch anscheinend gelang es ihr, mit dem Ölbild und der Kommode eine neue Familie zu finden, um von dort aus für uns zu sorgen. Für sie lief die Wette weiter: Sie rettete nacheinander im Westen die Mutter, später den Vater. Vielleicht konnte sie auch Wohnungen besorgen und warme Schuhe, ich habe überhaupt nicht daran gedacht, sie zu fragen.

Der Grenzübergang

Wenn du Angst hast, lassen wir's, beschwor mich meine Mutter. Ich murmelte, wieso denn Angst. Rübermachen, es gab keinen treffenderen Ausdruck. Am nächsten Morgen schlenderten wir mit Einkaufstaschen verdächtig sorglos zum Bautzener Bahnhof und staunten unterwegs so ausgiebig über die Wolkenbildung, daß ich mich wunderte, warum uns die Geheimpolizei nicht verhaftete. Man wartete immer darauf und wußte nicht warum. In Magdeburg wollten wir uns mit der Palme treffen, Mutters Freundin. Zu dritt hätten wir mehr Mut, meinte meine Mutter. Ganz nebenbei entwarf sie tollkühne Pläne: Wenn ich drüben bliebe, bei den Verwandten, könnte ich ein richtiges Gymnasium besuchen. Dabei sah sie aus, als wäre meine Zukunft aus Schokolade.

Mit leeren Thermosflaschen als Ausflügler getarnt, stiegen wir am späten Nachmittag mit der Palme unauffällig in einen Zug Richtung Helmstedt. Meine

Mutter gebärdete sich, als wäre uns die entgegengesetzte Richtung lieber gewesen, achwas, rief sie, nehmen wir diesen, bei dem Wetter!, und maß den Himmel, als steche sie in See mit Augen, forsch und stahlblau. Im Haar kupfern letzte Sonne.
Es dämmerte, als wir, ermüdet vom Ausflug, in einem fensterlosen Gasthof einen dünnen Mann mit Brille trafen. Sie sind spät, tuschelte er, es geht gleich los. Dann verließen mit uns unauffällig in einer Schlange sämtliche Gäste das Lokal, nicht ohne bohrende Augenzeichen. Draußen huschte der dünne Mann lautlos von einer Gruppe zur andern, wie sich Geister nach geglücktem Ausflug verabschieden. In meinen Ohren das Wisp-wisp-wisp nur für uns drei hieß nichts als: hundert Meter geradeaus, rechte Straße rein, zweite links, auf das freie Gelände zu, rechts Achtung Schilderhäuschen, links am Zaun übern Schutthaufen, Achtung Fußangeln mit Blechdosen, dahinter der Grenzfluß – gute Nacht.
Unglaubhafter sah ich nie wandern. Einer Pirsch unter Erlkönigs Lieblingsweiden glich der Aufmarsch mit eingezogenen Hälsen: Heut nacht schoß der Fuchs.

Geborgen im Schatten der Mutter, später reglos mit dem Bauch auf dem Müll, wußte nicht einmal ich,

wo die Angst aufs Treffende lauerte, obwohl ich nun rechts aus dem Schilderhäuschen eine Gestalt treten sah. Scherenschnitt mit Mann und Gebrauchsgegenstand wie ein Maschinengewehr. Es war eins. Die Hand des Grenzpostens hielt es locker in unsere Richtung. Nach einer Viertelstunde wurde es als Stütze benutzt. Da lenkte ein fernes Geräusch den Posten ab. Als er sich auf das nächste Schilderhäuschen zu bewegte, hallten die Tritte, verrieten den Jäger an das Wild. Der Vollmond im Westen machte aus dem Mann Scherenschnitte mit einzelnen Fingern.
Jetzt, hauchte die Mutter. Fühler, fein wie Spinnweben, reckten sich, um Dosen an Angeln zu orten. Wenn man das Gesicht in den Müll drückte, sah man die Angeln im Mondlicht. Weit weg hörten wir Dosen klappern, einen Atemzug später knallten Schüsse, dann war es totenstill.
Nie würden wir am Fluß ankommen. Nie. Robbten wir einen Fingerbreit die Minute? Ich richtete mich ein, die meiste Zeit meines Lebens auf dem Schutt vorwärts zu rutschen. Nur war erschossen werden die eine Sorge: Wie sollte ich hier austreten *gehen*? Die Stunden vergingen, und dann machte ich da auf dem Bauch in die Hose. Vergaß die Maschinengewehre, jede Bedrohung. Es war ein Augenblick des Friedens und der Völkerverständigung im eigenen

Vaterland und schön warm, Waffenruhe für mich ganz alleine. Zwischen Fußangeln mit Blechbüchsen, die in Kettenreaktionen aneinanderstoßen und uns an den Feind verraten sollten. Feind? Deutsche Brüder, durch Befehl verurteilt, uns zu unserem Schutze zu erschießen und vor dem kapitalistischen Aufschwung in Westdeutschland zu bewahren.

Nu komm doch, hauchte meine Mutter. Diesmal kam ich eine Minute später. Alles ging nicht auf einmal: fliehen war die eine Sache.

Es war Mitternacht, als ich, pitschnaß von oben bis unten, neben meiner Mutter und der Palme im Vollmond hockte. Links vom Weg, in einer Mulde aus feuchtem Moos, unter buschigen Birken. Am Ufer des Grenzflusses, der vor uns den Weg abschnitt.

Ich hab mir in die Hosen gemacht, erzählte ich meiner Mutter. Selbst da galt noch: Du mußt mir immer alles sagen. Sie ärgerte sich trotz Todesnähe mit Worten, die ich kannte. Das beruhigte mich, da konnte es so schlimm nicht sein mit dem Grenzfluß. Ich ließ mir nicht nehmen, mich heiter zu fühlen. Niemand hätte mir angesehen, so wie ich da an meiner Mutter lehnte, daß ich lächelte. Das Ziel meiner Heiterkeit lag in regloser Ferne.

Vor uns ruhte schwarz der Fluß. Wie breit war er,

wie tief? Der hohe Wald dahinter, der die Sicht wie eine Wand versperrte, fiel mir später auf. Meine Mutter wisperte, erst müsse sie prüfen, wie tief man über dem Bauch im Wasser versinkt, und überhaupt. Am jenseitigen Ufer wollte sie dann die Umgebung hinter dem Wald erkunden. Wir aber sollten uns nicht bewegen. Und wenn sie Stunden fortbliebe. Mein Magen wappte wie ein bewohnter Fischteich ohne Wasser, die Angst quirlte in jeder Zelle.

In der Mitte des Flusses, den ich vier Meter breit schätzte, wandte sich meine Mutter noch einmal um, bis zum Gürtel im Wasser. Dann verschwand sie.

Wir hockten unter den Birken. Zwei Eulen, die runden Augen Weltmeere der Einsamkeit. Die Palme legte den Arm um mich, zog mich vorsichtig an sich, ich hauchte zu laut beim Ausatmen. Als ich einmal tief einatmete, sah ich den Wald vor uns. Unter seinen Schultern kauerte die Nacht. Irgendwann faltete ich die Hände. Der Mond schien heller, die angestrahlten Birken über uns glänzten weiß. Auf offenen Wegen blieb kein Mensch unbemerkt.

Der Schuß fiel, als hätten wir ihn die ganze Zeit in uns gehört und ohne ihn den Schmerz nicht länger ertragen. Vor uns im Wald oder dahinter, wo meine

Mutter sich aufhielt. Ich keuchte hinter den Handtellern. Die Palme war also meinetwegen hier. Und wenn meine Mutter nicht wiederkäme? Der Wald, eine Wand aus Angst kam auf mich zu, lähmte meine Gedanken, bis sie dumpf zu meinen Füßen sackten wie Tote.
Wieder lächelte ich, diesmal im Traum: Meine Mutter stand drüben und winkte. Eine Gänsehaut fuhr mir bis in die Haarspitzen, die Palme packte mich an der Hand, zischelte, komm, die Mutti ist da, siehste nich!
Und wäre ich im Fluß versunken, im Wasser verlorengegangen, meine Mutter würde mich finden. Für sie wäre ich gern eine Weile ertrunken.

Hinter dem Wald die Wiesen streckten sich, als lägen sie im Kerzenschein zu Bette. Nirgendwo ein Grenzschild zu sehen, sagte die Mutter und lächelte. Wir alle lächelten. Schlichen geradeaus zum Vollmond, denn rechts schlängelte sich weiter der Fluß. Der Mond, rot und saftig, mußte größer sein als sonst. Nach wenigen Minuten eine Tafel: Russischer Sektor. Die Palme meinte, im Osten der Vollmond früh um drei, im Westen der Osten, da stimmt was nicht, eine falsche Bewegung, die haben uns wieder. Wir entschlossen uns für die Landstraße, eine Leiter zum Mond, hob sie sich glänzend am Horizont. Vergoldet, kleinlaut Stunde um Stunde der Straße folgend, erkannten wir im ersten Morgengrauen ein Dorf. Diesmal schlich die Palme voran, nach Hinweisen auf Schildern zu spähen. Ihr könnt kommen, rief sie. Am liebsten hätten wir laut gelacht, aber die Nacht steckte im Hals.

Das Geschenk

Wie eine Kirchturmglocke schlug mein Herz, als ich den feuchten gelben Bastzopf zu einem Ring auf die Pappe leimte und später, in halber Nacht, mit roten Augen vier Zöpfe vorbereitete. Noch dreimal schlafen, dann würden wir unser erstes Weihnachtsfest im Westen feiern, fünf Jahre nach dem Zweiten Weltkrieg. Vorbei mit den Strickkleidern aus gehamstertem Garn für letzte Silberfünfer: Jetzt würde ich über westlichen Geschenken die Nachkriegszeit vergessen und die Ostzone. Nur, ich mußte für meine Mutter noch etwas Einmaliges, Überwältigendes basteln. Denn aus meinen fünf Westmark wollte ich einen Schein für Winterschuhe fettfüttern, aus echtem Leder, darüber konnte Juli werden.

Morgen, da würde ich die vier Zöpfe flechten, die in gleichmäßigen Bögen, von außen zur Mitte ragend, eine schlanke blaue Kerze auf Händen trugen. Meine Mutter würde Augen machen: Noch nie, würde sie ausrufen, habe sie einen solchen

Kerzenständer gesehen. Und solches Licht. Die Zeit raste mir schon damals davon. Und zu fünft in zwei Kammern auf dem Lande war selten einer mit sich allein. Aber endlich, wenn ich saß und heimlich flocht, mir die leuchtenden, weiten Augen meiner Mutter vorstellte, da flimmerten Fieberträume im erhitzten Gehirn – wie würde mein Geschenk aussehen, ach, es wären sicher zwei: eins mit einer Schleife, daß sich kein Truthahn mit ihr messen könnte, und augenzwinkernd würde mir der Truthahn eine Überraschung verheißen, nein, ich war nicht fähig, mir das auszumalen, so schwindelte mir der Kopf.

Der Heilige Abend zog still in unsre Stube ein, schneller als sonst. Er hatte uns gefunden, in neuerlicher Fremde. Mein Vater, groß, schmunzelnd, Rehaugen, zündete die Kerzen an. Da sah ich ihn stehn und die Mutter, die kleinen Geschwister, als ob sie im falschen Zimmer wären. Aber nun, wenigstens solange die Lichter brannten, war ich vielleicht doch zu Hause, obgleich ich vergessen hatte, was das war.

Niemand wagte zu atmen. Meine Mutter saß da, mit kleinem Gesicht, mit Spuren, die an Tage nach der Flucht erinnerten. War sie von den Nachhilfestunden so erschöpft? Bedrückt von den zehn Mark, die sie die Woche verdiente, die nie reichten. Für die

sie zu Fuß in Häuser eilte von Leuten, denen es besser ging. Warum war mir so bang?
Die Vision einer Truthahnschleife: voller Scham beobachtete ich, wie sie das Zimmer füllte, aus nachtblauem Samt, mit funkelnden Silbersternen. Meine Mutter legte mir mit weiten Augen ein flaches, weiches Päckchen in die Hände. Reglos betrachtete ich es lange. Leise sagte sie: Willst du nicht auspacken?
Die kleinen Geschwister spielten mit Bauklötzen und Holztierchen. Sie lachten wie ferne helle Glöckchen. Da fuhr in die Augen der Mutter das blaue Lächeln, auf das wir lange gewartet hatten. Ihre braunen Locken wippten, als sie aufsprang und für die bedrückte Familie den Kartoffelsalat aus der Schlafküche holte. Dort in der Kühle, selten über vierzehn Grad, hielt er sich.

Das Bändchen löste sich von selbst. Mein Herzschlag dröhnte. Dann stellte ich die Atmung ein. Ich mußte an einen Käfig denken – wenn man sich entschließt, dem Vogel die Freiheit zu schenken, das Türchen öffnet und abwartet. Ich saß unbewegt. Ein Kopftuch aus gelber Seide zitterte in meiner Hand, rot und blau gefiedert. Flügel einer verlorenen Zeit. Einer Zeit vor dieser Flucht, und einer anderen, im Krieg, noch weiter im Osten.

Ich dachte mir, flüsterte meine Mutter dicht an meinem Haar, wenn du ein Jahr arbeitest und dir vielleicht einen Mantel kaufst, ist schon ein Kopftuch da. Oh, es ist wunderschön! rief ich zu laut. War das meine Stimme? Ich legte mir das Tuch um den Hals und sah, wie meine Mutter das Geld abzählte im Laden mit weichen Knien. Oder war ich so traurig, weil ich zu alt für Spielzeug war, von einem Jahr zum andern?

Nein. Irgendwie war es anders gewesen, drüben. In diesem Augenblick vergaß ich die Krätze, die Mundfäule, die nagenden Tagträume von Margarine. Und dann, man spürte den Hunger nicht so, seit man ihn kannte. Wunschlose Geschöpfe wohnen dicht an der Himmelstür: Ein Licht überflutete den letzten Heiligabend drüben – und hatte da nicht ein weinrotes Strickkleid unterm Christbaum gelegen, handgestrickt von meiner Mutter, für mich, und wie das paßte, wie ich mich drehte. Wann hatte ich zuletzt so getanzt. Und unterm Baum der alte Schillerband aus blauem Leder, Gedichte, wo kam das alles her. Und wie mußten wir lachen, weil's ja damals überhaupt nichts gab. Nie aber werde ich mein größtes Geschenk vergessen, die Liebe im bleichen Gesicht meiner Mutter, als sie mir im Westen das flache weiche Päckchen in die Hand legte.

Wenn ich Karpfen höre

Wenn Sie einer Gans lieber auf der Straße begegnen als auf dem Teller, sind Sie der richtige Mann für meine Geschichte. Aber vielleicht fange ich mit der Ziegenmilch an, mit dem Stichwort können Sie mich nachts wecken, gleich weiß ich, wie die alte Iseltn aussah: wie ihre Ziege. Sie lebte mit einem Ziegenbock, der bis in die Milchkanne stank. Deshalb kriegte ich die Ziegenmilch nicht runter.

Nun weiß der liebe Gott, wie wir hungerten nach dem Krieg. Grund genug für unsre Tante Liesbeth, beflissen mit nahrhaften Ratschlägen aufzutauchen. Meist hörte meine Mutter weg, aber bei *Ziechenmilch* hielt sie den Atem an, mit besorgtem Blick auf zwei unterernährte Babies im Arm. Die Liesbeth, hager, mit spitzem Kinn und Spitzmausblick, der Mittelscheitel grau umzopft, verkündete schrill und sächsisch: So – morschn früh gehts glei nach Geena (sie meinte aber Nieder-Keina), zur alten Iseltn, die mit der Zieche, du weeßt schon.

Die Tante sprach schnell, mein Vater äffte sie mit ungeheurem Gelächter nach, gaak gackgackgack gaak, war ja seine Tante. Seine Rehaugen leuchteten zwischen den schwarzen Haarsträhnen, die nun wie Federn glatt vom Mittelscheitel, der in der Familie lag, runterrutschten und um die Adlernase wehten. Er mußte ja nicht mit zur alten Iseltn. Dafür hatten sie mich, das Lenchen: neun Jahre und wehrlos, eine bleiche Zaunlatte, Mittelscheitel. Barfuß nach Nieder-Keina mit der Liesbeth, zwei Stunden Landstraße in der Julihitze, Schuhe gab's nicht. Abends daheim mit ihrer Beute, buk die Liesbeth siegessicher Quarkkeulchen, mit Ziegenmilch. Die Augen traten mir aus dem Kopf, die Keulchen mußten mich wieder verlassen, sie schmeckten so scharf nach Ziege, was sollte ich machen.

Die Zieje stinkt, det Karnickel is jetauft, allet Ausreden, stichelte meine Tante Ruth, Weihnachten drauf zu Besuch, als sie zwei Stunden Zeuge meiner Eßweise war. Nun erzogen sie mich zu viert: mein Vater einsilbig, weil die Liesbeth den Schnupphasen in die Pfanne gehaun hat, meine Mutter, von den Tanten genötigt, gnadenlos, die Liesbeth ketzerisch, die Tante Ruth methodisch. Sie meinte, ein getarntes Hirschgulasch würde mir die Mucken schon austreiben. Sie ergatterte ihr Lehrmittel auf dem schwarzen Markt, dafür hätte sie Gefängnis verdient. Den Hirsch servierte sie mir als Schwein. Schwein aß ich. Denn einem bestimmten Schwein mit Namen hatte ich noch nicht in die Augen gesehn. Als ich die Wahrheit erfuhr: Na, hats jeschmeckt, na also – wie, bißken scharf?, war auch Hirsch –, übergab ich ihn hastig der Wasserspülung. Hirsche waren unnahbar und majestätisch, das wußte ich aus Geschichten.

Hätte mein Vater geahnt, wie der Karpfen bestattet werden sollte, den er nächsten Sommer fing. Anton schwamm eines Mittags in der Badewanne. Muttieh, rief ich aufgelöst, was is denn das?! Im Unterschied zu Elvira der Ziege wurde ich mit Anton gleich warm. Gucke mal, Moos hat der aufm Rükken, rief ich entzückt. Und was machen wir nu mit däm? Anton zwinkerte mir zu. Essen, rief meine Mutter. Essähn? schrie ich außer mir. Ohrfeige. Anton sah weg.
Diesmal gab es Anton blau für alle. Das Drama begann um dreizehn Uhr, meine Portion blieb blau bis siebzehn Uhr, eisern bewacht von der Instanz.
Daß ich immer Tiere essen muß, schrie ich außer mir und sah eine Hand auf mich zukommen, da legte sich der kalte Fischbissen von vorhin wieder artig auf die Zunge. Ich spürte einen Schauer auf

dem Rücken, lächelnd vor Angst. Na siehst du, tröstete meine Mutter, lobend aus blauen Augen. Und zärtlich: Warum nicht gleich. Auch sie hat sich Erziehung anders vorgestellt, da fragte sie nachdenklich: Ich denke, du ißt nur getaufte Tiere nicht, wie den Schnupphasen? Fassungslos würgte ich, heulte mit vollem Mund: Du weißt noch nich mal, daß der Anton hieß, huhuuh – krchch, wä!, schmuggelte den bewachten Fischbissen mit dem Taschentuch unters Stuhlkissen und mußte ihn wieder rausrücken. Es schmeckte giftig. Ich aß lieber Grießbrei.

Im folgenden Winter spielte meine Mutter ihren letzten Trumpf aus. Was sagste dazu, begann sie erwartungsvoll, lachend aus blauen Augen: Wenns Weihnachten Gänsebraten gibt – eine, die du nicht persönlich kennst, fügte sie hastig hinzu, als mein Atem stockte. Und mit Äpfeln gefüllt – mit roten Weihnachtsäpfeln, du mußt nur die Äpfel essen, wirklich keinen Bissen Gans, schwor sie. Mir wurde kalt. Deswegen, spottete mein Vater, brauchste keene Angst zu kriegen. Er fror, wenn er an Gans dachte, und lachte und lachte. Ich rief dazwischen: Nein bittebitte, keine Gans – dann stinkt die ganze Wohnung nach versengter Gänsehaut, das ist doch kein Weihnachten!

Nur, meine Mutter vergaß das. Denn kurz darauf erkundigte sie sich nach meinem Weihnachtswunsch. Schwer atmend hauchte ich: Ich wünsche mir – daß es keinen Gänsebraten gibt, fügte ich gehetzt hinzu.
Heiligabend roch es nicht nach Gans. Süße Mohnklöße dufteten auf dem Tisch. Ich glaubte wieder an den Weihnachtsmann. Sicherheitshalber ging ich früh zu Bett. Als sich Gott sei Dank die Tür hinter mir fest schloß, schlich sich die Gans gebraten mit der Liesbeth ins Haus. Für so was gab sie ihr letztes Hemd.

Zweikampf

Nun bin ich die einzige auf der Welt, die sich an unsern Zweikampf erinnert, den wir an einem siebenten April spätabends beide gewannen: ich, die Angegriffene, kaum zehn Jahre alt und unglücklich bei stummen Niederlagen – mein Widersacher ein ruhiger Mensch, ein Engel, wie Botticelli ihn malte, die glatten braunen Haare kurzgeschnitten. Mein Vater.
Helles Kastanienfeuer in den Augen, stürmte er mein Zimmer am Morgen, unter einer Aura aus Nordluft. Zehn nach sieben.
Wenn du nicht in zwei Minuten aufgestanden bist, rief er, lernst du mich kennen! Den zerzausten Mittelscheitel dicht über meinem Gesicht. Unter seinen Armbewegungen hätte jedes Orchester unvorbereitet die *Eroica* gespielt.

Ich schwöre, weiter hatte ich nichts gedacht, als der Engel kurz darauf erneut ins Zimmer preschte, aus der Vase vom grünen Kachelofen rechts neben der

Tür den frischknospenden Kastanienstrauß riß und mich damit auf der Flucht aus dem Bettgestell bearbeitete.
Aua – mit den Blumen! schrie ich empört auf und rettete mich hinter die Badezimmertür.

Nach der Schule rannte ich mit Mordgedanken ins Krankenhaus. Dort saß seit zwei Tagen die Mutter mit dem neugeborenen Bruder im Bett. Sonst sah mich an Mittwochnachmittagen kein Mensch, heute verzichtete ich auf die Eisbahn, ich mußte der Mutter die roten Striemen auf meinem Rücken vorführen.

Begabt genug, binnen Sekunden dunklen Schrekken in ihr bleiches Gesicht zu schraffieren, kam ich rasch auf den Kern. Ströme der Empörung goß ich über ihr weißes Bett, mein Bruder versteht mich seitdem wortlos. Und auf den Zügen der Mutter erblühte unverhofft eine Rose: Uns allen war kein Geheimnis, wie ungeübt der Vater seine Rolle als Kammerherr spielte, Putzfrau und Köchin, wie die grauen Pflichten sich hinter seltsamen Titeln verbergen, Zofe und Amme – meine Schwester zählte gerade ein Jahr. Wir drei Gleichgesinnten einigten uns da im Krankenhausbett, ich sollte nur die beiden letzten Tage frühmorgens aufstehn wie aus der Pistole geschossen, da wäre ich aus dem Schneider.

Gerächt betrat ich am frühen Abend das Kinderzimmer. Da, in wohliger Gesellschaft blauer Bauernmöbel, traf sich an kalten Abenden die Familie. Die Kohlenzuteilung kurz nach dem Krieg erschöpfte sich hier im lauwarmen Kachelofen.
Der Vater las am großen Tisch die Zeitung wie noch nie, nach der Mutprobe am Morgen. Er hatte mich noch nie sonst wenigstens am Ohr gezupft. Jetzt verschlang er die Vermißtenmeldungen und schreckte nicht vor den Todesanzeigen zurück. Deshalb erkannte er mich nicht gleich.
Neben ihm auf dem Kachelofen in der Vase wie eine verprügelte Jungfrau der Kastanienstrauß, die schwerverletzten Knospen jetzt neugierig geöffnet, süchtig auf mich geheftet.
Vom Tisch streifte mich verstohlen der Blick des Täters. Dicht am Lampenschirm lieh ihm der rotkarierte Schein eine unverdient gesunde Gesichtsfarbe. Es dauerte aber zwanzig Atemzüge, bis mein Vater einen zweiten Anlauf wagte. Mit flinkem Flügelschlag hob er die Lider, und als es ihm günstig schien, warf er mir aus lachenden Augen blanke Kastanien ins Gemüt. Das war mein Auftritt, sonst war es wie immer zu spät. Diesmal durfte ich nicht

verlieren. Ich erhob mich, mitleidlos wie Yul Brynner im klassischen Western. Die Augen des Engels, polierte Kastanien, folgten atemlos über dem Brillenrand, als Yul Brynner, rechte Hand am Gürtel, mit der linken den verurteilten Strauß am Genick packte, zu Boden zerrte und mit bloßer Hand kaltmachte, bis er sich, Brust auf den Knien, unter den Ofen treten ließ.

Mein Vater blickte keine Spur heiterer, aber es gluckste in seinem Bauch.

Warum –, begann er mühsam, weil er unter der Haut lachte und der Tisch davon wackelte: Warum machst du denn den schönen Strauß kaputt, der hätte doch noch geblüht?

Das guck ich mir nich' auch noch an! rief ich außer mir. Einen Atemzug später sah ich meinen Vater mit neuen Augen, wie er da lächelte. Weil mein Zorn durch meine ungeheuer mutige Tat zu meinen Füßen lag wie ein sanfter Hase.

Wie im Film

Meine erste Liebe hieß Christian. Als ich ihn sah, wußte ich gleich, nur so muß die Liebe aussehn. Ich sah sie mit zwölf. Wir probten ein Märchen für eine Schüleraufführung, damals in Bautzen. Zuerst sollte ich die Zauberfee spielen, weil ich so hübsch war. Dann kam es Gott sei Dank anders, ich war das Gretchen.

Christian saß als einer meiner Brüder auf der Bühne am Tisch, ich mußte den Satz auswendig lernen: Um sieben kommt der Vater (oder die Mutter? ich weiß nicht mehr) von der Arbeit, dann muß der Tisch gedeckt sein. Ich lernte ihn auf dem Schulweg und vor dem Spiegel, bis er saß, wiederholte ihn vor der Probe mit geschlossenen Augen, und vergaß ihn vor Aufregung, mein Kopf war mit rauchblauer Watte ausgestopft, wenn ich Christian sah. Da wußte ich noch nicht, was Vergessen hieß.

Denn einmal, nach der Probe, lächelte er mich an. Unter der Iris schaute ein Streifen Weißes heraus, damit sagte er: Gretchen, ich liebe dich. Wie konnte

er das tun, mit diesen Haaren, so blond, jedes einzelne himmlisch gewellt – die Augen blau, jedes einzelne, ich hab sie verglichen. Ganz nah stand er und sah dabei auf meinen Hals, der weiß Gott hübsch war. Als er sich nun aufrichtete, groß und schön, muß er sich vorher zu mir geneigt haben, nicht wahr? Entscheidend noch seine Überlegenheit, seine erwachsene Erfahrung. Zwei Jahre älter als ich: ein Mann.
Seit jenem Augen-Blick, mit den vier schicksalsschweren Worten, war es vorbei mit dem auswendigen Satz, denn auf Regieanweisung hatte ich Christian dabei fest in die Augen zu sehen und nicht immer unter den Tisch.

Die Liebe war schrecklich. Einmal, vor einem Kinobesuch mit Gudrun, sah ich Christian plötzlich drei Meter vor mir stehn. Mein Herz hat seitdem einen Sprung. Aber er, stolz, mit glückseligem Lächeln, erfuhr diesen Erfolg, den sich ein Mann so gefallen läßt: wie ich da errötete seinetwegen, als wäre – nein, mir fiel nie ein passender Vergleich ein. Aber wäre ich eine rote Kirsche gewesen, er hätte mich dort runterschlucken können vor allen Leuten.
Die Liebe riß ein Jahr an mir. Denn unvermeidlich begegnete ich Christian überall, die Aufregung

gipfelte in der roten Kirsche, viel fehlte nicht, weg wär' ich.

Einmal waren wieder die vier Worte an meinem Ohr, wieder begannen sie mit Gretchen, er hat mich nie anders genannt. Da blieb die Luft, die Zeit, die Vögel in der Luft blieben stehn, Christian fragte: Und wollen wir am Sonntag ein Stück spazierengehn? Ach, er wußte genau, ich würde ja sagen, alle Leute wußten es, hörten mich seit einem Jahr nichts als ja rufen: Ja ja ja! Daß ich mich fast schämte.
Es geschah auf dem Weg zur Ortenburg, in einem lauschigen Winkel, an der Alten Wasserkunst. Weit unten zwinkerte grünäugig die Spree. Christian schlenderte neben mir, ich nun fast so groß wie er. Im Mai. Der Tag so warm, ich hatte was Dünnes an. Er vergaß die vier Worte, schlang mir den rechten Arm um die Taille, um mich an sein Herz zu drücken. Aber dann bog er mit links meinen Nakken nach hinten, als sollte das eine Brücke werden, und von oben sah ich Schritt für Schritt seinen Kuß auf mich zukommen. Nein, rief ich, das ist ja wie im Film! Ich zitterte, diesmal vor Enttäuschung. Ich wollte es doch richtig. Da wußte ich, wie die Liebe nicht aussah.

Der Brief

Eine Geschichte? Ich sag es gleich, man möchte sie nicht selbst erleben, wenngleich mit keinem Wort ein Krieg erwähnt wird. Ein Mädchen von siebzehn gab eines Julimorgens in Pyrmont einem Fremden die Hand.

Er stand unangemeldet an Frau Steiners Gartentor, und Frau Steiner rief: Sieh mal Max, wen ich hier habe, und zeigte auf Lisa. Seine klare Stirn zwischen Hornbrille und Baskenmütze, und wie er beides trug mit dem Blick des begabten Schäferhunds, milderte Lisas Vorurteil gegen den grauen Gummimantel.

Frau Steiner hatte das Mädchen eingeladen. Es kam gern in das Haus zwischen hohen Kastanien und ließ sich in den ersten Tagen wie eine Spinnwebe treiben. Las weltvergessen den *Faust*, lief in aller Frühe barfuß auf der taunassen Wiese und war gestern im Park zwischen Rhododendronbüschen lesend, dem unerbittlichen Heiratsantrag eines wildfremden Handelsschullehrers entkommen.

Mit Max änderten sich die Tage. Bei einer Nachbarin spielte er für Lisa dieselben Beethoven-Sonaten wie daheim die Mutter. Lisa lauschte ihm Stunde um Stunde. Wie ein Hamster rief sie nach mehr. Die Schläge der Standuhr taumelten in die angehaltene Zeit. Einmal besuchten sie ein Heimatmuseum, und Max erklärte ihr die grauen Pflanzen mit dem Sprühblick eines Fixsterns und mit Worten eines Mannes, den sie sich ausgemalt hätte, wäre sie älter gewesen. Draußen musterte er sie, sagte erstaunt: Ein Mädchen wie du, und siebzehn. Und wenn sie so standen unter Bäumen, konnte es vorkommen, daß er ihr einen scheuen Kuß gab, um zu erfahren, wie sie Eltern und Geschwister vorm Zubettgehn küßte.

Lisa entdeckte in Max den Beschützer. Er war noch einmal so alt wie sie. Und er fand, sie ähnele der Filmschauspielerin Eva Bartok, jener Brünetten. Am selben Abend allein vor dem großen Spiegel, sah sich Lisa groß an und fügte hinzu, was noch fehlte: dem Blick das Verführerische, den Lippen mehr Fülle, den Augen eine tiefere Färbung.

Als Lisa am nächsten Morgen zum Frühstück widerstrebend Löwenzahnsalat kaute, vertraute ihr Frau Steiner an, wie Max ein neues Leben begänne. Max, der in seinem Urlaub allein hier war und neben dem Klavier morgens lange schlief. Er habe sich von seiner Frau getrennt, fuhr Frau Steiner fort und zeigte Lisa eine Stadt, in der die Kränkungen sinnlose Häuser bewohnten. Ach, Max ist so begabt, rief sie und zerpflückte Brennesseln für neuen Salat. Schmalfilme dreht er, na du wirst schon sehn, ah! Da brannten die Nesseln, und sie bewachte nun jeden Handgriff. Lisa beobachtete links auf dem schmalen Rasenstück eine Taube. Den Tauber sah sie nicht. Am Abend vor der Abreise nach Winterberg las Max seine Gedichte in kleinem Kreis, spielte ein letztes Mal Beethoven. Die Sonate atmete noch, als Stuhlbeine krächzten und erste vertrocknete Stimmen prüften, ob sie noch ihren Zweck erfüllten. Lisa bahnte sich an entrückten Gesichtern vorbei einen Weg ans offne Fenster. Die Sterne kamen näher. Max stand dicht vor ihr, flüsterte: In der Musik wollen wir uns immer nahe sein. Die Anwesenden nun bewegungslose Bilder, Kulisse für Max und Lisa. Beide zu dritt mit der Nacht. Lisa sagte: Ja – das habe ich mir immer gewünscht.

Die Gesellschaft bewegte sich wieder. Lisa ebnete vergeblich ihr aufgescheuchtes Blut, wollte mit Max, oh – nur einige Schritte Hand in Hand gehn, draußen in der hellen Sommernacht, bis zu Frau Steiners Gartentor. Nur ahnen, nein, nicht spüren, diese Schwelle mied sie, man mußte erst sehen, wie das ging, wie man das machte. Als Max sich hastig von Lisa trennte und in der Nacht verschwand. Für wen trafen die Glühwürmchen ihre Vorbereitungen in den flüsternden Kastanien? Max, schrie es lautlos. Max! Am andern Tag verabschiedete sich Max, senkte seinen Blick in Eva Bartoks Augen, die heute hell blieben. Sagte an ihrem Mund: Grüß mir deine liebe Mutter, eines Tages werde ich vor eurer Tür stehn.

Kurz danach reiste Lisa heim, und bald trafen erste Zeilen ein von Max, gewoben aus Nähe und Ferne. Er vergaß nicht die Heckenrose, gepflückt als Pfand, sie möge ewig blühn, bei Lisa. Wie andre Leute regelmäßig spazierengehn, angelte Lisa am Abend vorm Einschlafen ihren Brief aus dem Nachttisch, damit Max bei ihr einträte. Bei Lisas Rückkehr hatte die Mutter gelächelt und gesagt: So – Beethoven? und nachdenklich hinzugefügt, aber Lisa kenne Max doch kaum. Und so viel älter! Er solle nur kommen, dann sähen sie weiter. Sie umarmten sich und lachten, wie so oft, wenn sie sich freuten oder einer von ihnen.

Bald darauf kündigte Frau Steiner überraschend ihren Besuch an. Lisa frohlockte: Ausfragen würde sie die liebe gute Frau Steiner, weiß Gott quälen, bis sie ihr das letzte Geheimnis von Max entriß. Aber ein weiterer Brief von Frau Steiner traf ein,

gerichtet an ihre Tochter. Ihre Tochter? Seltsam. Lisa stellte den Umschlag so auf ihr Klavier, daß ihn niemand übersah.
Frau Steiner traf am frühen Nachmittag ein, ohne ihre Tochter. An einem dieser heißen Septembertage, die den Sommer versprachen und dann nicht Wort hielten. Bevor sie Frau Steiner mit Fragen überschütten wollte, gab Lisa ihr den Brief. Frau Steiner fragte verwirrt: Wie – du hast ihn noch nicht gelesen? – Aber er ist doch für Ihre Tochter, erwiderte Lisa. – Er ist für dich, sagte Frau Steiner.
Erhitzt von der Reise, mit rotem Kopf rief sie nach frischer Luft, bis Lisas Eltern sie lachend in den Garten begleiteten. Still war es um Lisa. Die braunen Möbel rückten näher.
Zögernd öffnete Lisa den Brief und las: Max ist tödlich verunglückt. Später, als die Eltern mit Frau Steiner zurückkamen, riefen sie nicht nach Lisa. Sie bewegte sich wie eine Marionette, fand die andern, röchelte: Max ist tot.
Ich dachte, ihr wüßtet es, rief Frau Steiner, es kam in den Nachrichten, er hatte die Noten auf dem Motorrad, die Autobahn nach Winterberg – von Pyrmont, war sofort tot – ja. Der Küchenboden riß lautlos, Lisa glitt in dumpfe Stille, langsam, wie Sekunden ihre Stunde verlassen, um nie mehr zurückzukehren. Die andern erzählten weiter am

Tisch, merkten es nicht. In dieser Stunde wurde Lisa ein unsichtbarer Mensch. Unsichtbar wie ihre Trauer für die anderen.

Es tut weh, sagte Lisa am andern Tag scheu. Die Mutter tröstete: Aber das war doch nichts Ernstes, das kommt doch erst. Schließlich sah Lisa einen Ausweg darin, Max zu schreiben. Am Abend im Bett schrieb sie ihm mit verquollenen Augen, wie traurig sie sei und wie sehr er ihr fehle. Aber das war ihr nicht sicher genug. Sie kroch aus dem Bett, lief barfuß zum Fenster und suchte sich ein Stück Nachthimmel in Handtuchgröße zwischen Apfelbäumen, um die Entfernung zu überbrücken: einen Strahl zu berühren, der Max fände und Lisa zu ihm brachte. Dann schlich sie zurück, füllte Seite um Seite, schickte den Brief ab. Seine Eltern würden ihn aufbewahren. Eine Antwort konnte sie nicht erhoffen, schwerer Verlust macht trostlos. Wenn das Leben hart zugriff, sprach Lisa mit Max durch das Stück Himmel, bis sie seine Augen spürte. Max.

Die Jahre vergingen. Die junge Lisa pflanzte neue Apfelbäumchen. Als die Bäume groß waren und den Himmel versperrten, traf eines Julimorgens ein besonderer Kartengruß von Frau Steiners Tochter ein. Am Rande bemerkte sie, Max sei kürzlich gestorben. An auswegloser Krankheit.

Lisa erlitt einen Schock, zwei Tage war sie krank. Bleigrau das Ach der Mutter, ihr Blick nach innen gestülpt in ferne Septembertage: Totgesagt hatte sich Max damals. Durch Frau Steiner. Lisa faltete die Hände. Ein Leben zu spät trat Max einen Schritt zurück aus Lisas Welt, tauchte unter in die Reihen der Gesichter. Wurde einer der Sterne am fernen Nachthimmel. Namenlos. Absichtsvoll ungefährlich.

Heimatfahrt eines Karpfens

Nie wollte ich Leitmeritz wiedersehen, nur mit dir, aber beim ersten Besuch in Dresden luden mich Freunde ins Auto, du weißt schon, gleich am Sonntagmorgen; Stanislawa schien wie die Sonne durch meinen Türspalt, sagte hell, fahren wir nach Leitmeritz, ja; das war keine Frage, Peter hatte den Wagen vollgetankt; es regnet aber, sagte sie noch, die Idee gefiel mir am besten; dabei hatte ich erst im Morgengrauen gesiegt, nein, würde ich sagen, nein, nie wieder Leitmeritz, ich müßte ja doch wieder abreisen; abreisen, manche Begriffe verfehlen ihre Kategorie seit damals, ordnen sich unzulänglich, Worte wie Krieg, oft traue ich dem Brot nicht, das ich später esse, immer betrügen sie mich, am meisten um meine Heimat; ängstlich willige ich ein, mein Atem vegetiert geübt im Versteck, ein Karpfen unterwegs zum Markt, der lebt auch –

5. April 1992, wir fuhren an die Grenze Richtung Aussig, als wären wir nicht normal; der Grenzpo-

sten lächelte, das galt mir, ich wirke sonderbar mit meinem Vertriebenenblick, der sich an Tagen wie diesem aufzwang, unglaublich, niemand begriff, wovor ich solche Angst hatte; der Ausweis schwitzte in meinen Händen, ich dachte, jetzt schnappen sie dich, endlich hast du ihnen eine Chance gegeben; der Atem stockte, wie vor der Fahrprüfung, der Prüfer rief, warum sitzen Sie denn wie ein Affe, Sie brechen noch das Lenkrad ab; unterwegs beobachte ich Menschen, sie arbeiten in ihren Gärten, an halb verfallenen Häusern, mit ihnen möchte ich tauschen, denke ich, als es wehtut, sie sind in der Heimat; unerträglich, was wird mit mir geschehn, ich hatte nur 47 Jahre, um zu üben, wie man sich selbst begegnet; ich spüre, ich bin schlecht vorbereitet, als ich links ein Band zwischen grau verregneten Hängen blitzen sehe; die Verwandlung der Gegenwart findet statt, in eine andere, in meine Zeit, von der ich weiß, ich hab sie mir nicht eingebildet, wie das Dubitzer Kirchlein – aber da oben, ich heule auf, mein Gott, da steht es, und links, jenseits der Elbe an der Biegung der Radobil, ein Wort aus einer verschütteten Fremdsprache: wenn ich plötzlich in Paris aufwache und einer will wissen nachts um zwei, was für mich Glück ist; schnell, eh es weg ist wie damals – Tschernosek, davor die Elbe und nur so muß sie aussehen, ich hab es immer gewußt; es beeinflußt mein ganzes Leben, wie eine gewisse Schleife sich zärtlich windet, weil die Tränen ihr Muster nachzeichnen, meine Freunde, es läßt sich nicht vermeiden, es geht zu schnell, Peter sagt, ach da, guck mal, Theresienstadt, sah so das Ortsschild aus; die Spannung wie ein Geschwür, als müßte ich beweisen, daß es Leitmeritz gäbe, da steht es: Litoměřice – ich sitze am Tisch und schlinge: nun kau doch, mahnt die Mutter, nimm dir bitte Zeit, ach immer alles so runterschlingen, die Häuser, ich nagele sie fest, jedes einzeln, das, ach, und die alte Gasse, und da –

Leitmeritz, 5. Juni 1945; ich weiß, ich war noch ein Kind damals; Gott hat unbeirrt geradeaus gesehen, die Menschen wollten ihre Lektion nicht lernen, dafür waren wir nicht reif; mir haben sie Stahlplatten eingesetzt, wo vorher rosa Lungenbläschen unbesorgte Luft saugten, na Stahlplatten, ein mühsames Kraftwerk für Traurige, es pumpte jeden Atemzug einzeln, damit er gewiß ins weiße Blut drang und hauchte, mehr habe ich nicht, für dich reicht es, du bist ein Flüchtling – – – die hellen Gesichter der Freunde, gestern haben wir mündig mit wiedervereinigtem Markensekt angestoßen; über meinem Ausflug ein Baldachin zwiefacher historischer Luft, die positive Impfung, Angst: Mach du sowas nicht noch mal!, das versteht, wer aus dem Osten vertrieben wurde; ich denke an eine – wie sage ich es ganz normal: an eine Hinreise, nein, einen Besuch, und sehe mich in Theresienstadt gefangen, mit der Angst lebt man vierzig Jahre nicht, das ist wie in der Nähe großer unbekannter Hunde, man versteckt die Handflächen, sie verraten die Angst, ach woher, sagt Peter, wir war'n schon paarmal drüben, da passiert garnischt, das is' lange her; Stanislawa schickt mir einen Sonnenstrahl – – – ich bin schon neun, aber vorm Sterben habe ich Angst, vorm Wehtun, wenn man gequält wird; am 5. April 1992 finde ich das neunjährige Kind wieder, reglose 47 Jahre hat es auf mich gewartet, es steht auf dem Marktplatz, vor dem Schultor, auf der Langen Gasse, meistens auf der Hilschergasse, Momentaufnahmen; das Kind bewegt sich nicht, ich bin in jenen letzten Wochen eine Fotografie geworden; ich spreche mit dem Kind, was sagt man, da bin ich wieder, die Kleine starrt geradeaus; als ich ihrem leblosen Blick folge, finde ich mich, ich versprech's, ich laß dich nie mehr allein; sie schüttelt den Kopf, flüstert unheimlich, ich muß hierbleiben; eine gebeugte Alte geht langsam vorbei, sonst fühlt sich die Stadt wie ausgestorben, eine Hülle, eine Höhle, in der niemand ausgefegt und Staub gewischt hat, seit ich fort bin, manche Fenster am Markt zugenagelt wie Kisten, die sie nachzuschicken vergaßen; was hast du getan, die ganze Zeit, frage ich das Kind; es sieht mich fassungslos an, sagt, ich heiße Margot; ohne dich, sage ich, fahre ich nicht, und weine endlich; da ist das Kind in seine Heimat geschlüpft, überallhin unter meine Haut; habe ich jetzt Fieber, oder hatte ich es vorher, und werde ich morgen anders sein, wie wird Leitmeritz hinter mir liegen; seit meiner ersten Flucht knie ich auf dem Umweg, den Gott für mich aussucht, und ist nicht immer alles gut geworden – ich denke an dich, mein Liebling, wenn du leise sagst, wird schon alles gut werden – – – die alten Schritte, von der Langen Gasse zum Marktplatz, leichtfüßig, damit ich nicht auffalle; die Stadtkirche erkennt mich gleich, mit der Litfaßsäule davor – und ob mich die beiden erkennen, ich hüpfe stolz an ihnen vorbei, rufe ätsch, alles Einsen!, im Schulhaus stürzen wir die breiten Stiegen hinab zum Portal, wie man Erbsen ausschüttet – heute bewegt sich am alten Rathaus ein Gespenst vor den Arkaden, das bin ich mit dem kleinen Kind in mir, auf dem alten Schulweg, am Korpskommando vorbei, das sich im feinen Kleid verdächtig macht in dieser Nachbarschaft; ich schraffiere dunkle Bilder, mit Besucheraugen, die gar nichts verstehen, Leitmeritz, das ist lange her – aber ja, sie werden die Alte baden und scheuern, irgendwann wird es wieder eine Stadt sein, wie Leitmeritz; mitten auf dem Schulweg am Mädchengymnasium überraschend ein Hotel, also essen wir etwas, um auf die andere Seite zu kommen; die Kellnerin lächelt mich an, sie weiß nichts von 1945, war mit anderen Nöten groß geworden, ich lächele zurück; viel später halte ich das Veilchen in der Hand, blau, meine Farbe; ich murmele: hier, und sehe, die Hilschergasse 66 und ich, wir beide sind uralte Erinnerungen – alles abgerissen, nach der 54 erinnert nichts mehr an früher, keine Sechsundsechzig, eine fremde Landschaft, als hätte ich inzwischen reinkarniert, die Mutter flüstert zärtlich, du hast schlecht geträumt, dreh' dich auf die andere Seite, dann ist alles wieder gut; ein neues Hochhaus, ich zähle, messe, setze die Sechsundsechzig im Rösselsprung an die Stelle, wo sie hingehört, denn wie sieht das hier aus; hier, denke ich, muß es einmal gewesen sein, mein Leben, und schütte genügend Adrenalin aus, um mit der Ausgrabung zu beginnen; das neue Haus steht ungefähr zehn Meter weiter vom Gehsteig zurückgesetzt als das alte; da erkenne ich den Rest vom Garten, das Stück war übriggeblieben, mit den Bäumen, nur der Bombentrichter zugeschüttet, der Blindgänger entfernt, dem wir, auch ihm, eine ungewisse Zukunft verdankten, ich hab auf dich gewartet, sagt das Veilchen leise, wie wir damals aus dem Haus sind – ich bin die Seele der Sechsundsechzig, worauf wartest du noch, mit Wurzel, na tu's doch –

Litoměřice, ich spreche nach: Líto-mjär-schitzä mit ganz weichem Sche, wie Jean; auf dem Rückweg finde ich am Markt zwei Häuser wie neugeboren, mit einem Café unter Arkaden, einem belebten hellen Hinterhaus, sieh doch, Stanislawa, der Garten, das frische Gras, Blumen, lieber Gott, hier möchte ich –; ich bin in der Heimat, am Ort der Orte, von dem sich Menschen trennen wie von einem Körperteil, seit es Kriege gibt; nun ist das Rätsel gelöst: wenn die Menschen sich selbst lieben, gibt es keine Kriege, unglaublich, weiter hätten sie in den vergangenen Jahrtausenden nichts tun müssen, und ich wäre in Leitmeritz geblieben. Heimat, hast du gesagt und mich ganz merkwürdig angesehen, ist auch in den Menschen, wenn zwei Hälften sich finden, als ob zwei Zahnräder genau ineinander paßten, und dabei gelächelt, als würdest du mich gern etwas schwören lassen.

Manchmal ist der liebe Gott nicht zu Hause

Einem fatalen Mißverständnis auf der Spur, fiel mir vorhin die Geschichte mit Hartwig ein. Ich muß dahinterkommen: Wenn von drei Leuten einer sich einer tierisch anstrengenden Herausforderung stellen soll, und zwei sind groß und dick, der Dritte, ich aber, schmal und zart, tippen sie immer auf mich.
Sicher, ich sage jeden Tag dem lieben Gott einen guten Morgen, bitte ihn, mir heute wieder die notwendige Kraft zu schenken, das macht er sofort, dafür ist er der Schöpfer. Das könnten die anderen auch haben, entweder glauben sie nichts, auch wenn sie pünktlich in die Kirche gehn, oder sie überlassen das Betteln an der Himmelstür unter Tränen lieber mir, du kannst das, wir müßten erst lange lesen, wie das funktioniert. Manchmal ist der liebe Gott nicht zu Hause, dann kaufe ich mir ein neues Buch, in dem alles steht. Aber damals in Leitmeritz, mit sieben, ich konnte kaum lesen, wieso haben sie da von mir schon dasselbe ver-

langt? Das kommt sicher, weil ich noch in aussichtslosen Situationen zu lange lache, viel früher traurig aussehen müßte, laut laut klagen, jammern, jammern. Sooft ich übe, mit meinem Nebenmann im richtigen Augenblick in Klagen auszubrechen: mir klopfen sie auf die Schulter, du schaffst das schon, lassen mich einfach stehen und stürzen sich mit einem Arm voll Güte, laut jammernd, auf den Nebenmann: Du armes Kind.

Einmal war es günstig für Hartwig, mich seiner Clique vorzuführen. Er war immer vier Jahre älter als ich, stark und schön. Die Augen aus blauem Stahl blitzten, jeder war gespannt, was Hartwig heute vorschlagen würde. Keiner hochaufgereckt wie er, keiner warf die braungelockte Mähne wie er nach hinten, wenn's losging. In Leitmeritz auf der Wiese, am Nachmittag um vier. Seine Mannen um sich geschart, standen sie uns gegenüber. Vier Schulmädchen mit Affenschaukeln in Rüschenkleidern mit und ohne Schürzchen, schüchtern vor den starken Männern, traten barfuß auf ihr verschämtes Lächeln. Das hielt Hartwig nicht aus. Vermutlich hatte er den Männern kesse Mädchen zeigen wollen, und heute machten wir nichts her. Er selbst verlangte viel von sich, die Zeiten waren schwer, wir hatten Krieg.

So, sagte Hartwig, und weckte seine Vasallen mit einem sympathischen Pfiff. Ich konnte nicht einmal pfeifen, was konnte ich eigentlich. Hartwig konnte sogar boxen, er konnte überhaupt alles, in meinen Augen.
Die Männer gerieten in Bewegung, weil Hartwig sich warm machte, sollten wir denn gegen sie boxen? Wir machten uns auch lieber warm, als von Hartwigs erstaunlichen Reaktionen überrannt zu werden.
Hartwig hatte sich längst gebückt, hielt wie ein erzenes Standbild in der rechten Hand einen apfelgroßen Stein wurfbereit. Aber er überlegte es sich noch einmal und sagte lächelnd, auf den Sohlen wippend, Stein an der Hosennaht: Die ist in Ordnung. Spät merkte ich, wen er meinte, auf mich wäre ich nie gekommen, ich hätte längst die Hände ausstrekken und den Stein auffangen sollen vor meinem Kopf. Einen Ball auffangen können, wäre das mindeste gewesen, das konnte ich auch nicht. Mein Vater sagte bei solchen Gelegenheiten: Das hast du alles von deiner Mutter geerbt. Da hatte mich längst der Stein am Kopf getroffen. Das ist nun lange her. Hartwig würde immer noch sagen, die da ist schwer in Ordnung, der kann man Steine an den Kopf werfen. Wahrscheinlich bin ich die einzige, die ihn hinhält, wenn drei Leute in Frage kämen.

So singt Thalia

Ein hinreißendes Stück, nicht die Sängerin, ich meine Polgars *Gesang mit Komödie*. Wär ich sonst willig seiner Altistin bis ins Becken gefolgt? Er hat mich da hineingelockt, mit einem Stil!

Von der Stimme konnte Polgar nur die Lage ausmachen, alt war sie nicht, das verführte ihn, seiner Muse tief in den Werkzeugkasten der Gesangskunst zu blicken. Zuerst saß ich nur im selben Theater, doch eh ich mich versah, war ich jäh ein Teil der Bauchmuskulatur, die turnend das Zwerchfell erschütterte, damit oben zu des Fräuleins Gefühlen ein Mezzosopran erklang. Mit einem Ruck war mir klar – ich hatte grade in der Beckengegend zu tun –, für wen Polgar all das ersann: für uns, damit wir überhaupt ahnen, was eine Sängerin technisch durchmacht, bevor sie auf der Waage der Kritik erliegt. Und nächsten Freitag im Konzertsaal sitzt der Leser der vergötterten Lerche als alter Hase gegenüber: weiß schließlich was vom ›Singen aus den Schulterblättern, Anlegen von Atemreserven in der Nasenmuschel, Polieren des Klangs durch Wälzen über die esförmig gebogene Zunge; Fakirkünste‹, die uns verborgen bleiben, wenn wir auf meisterlich geschulten Flügeln des Gesanges emporgetragen werden von *Polyhymnia*, immergrüne Halden schauen und wonach uns sonst so dürstet: Ein Mann wie Paris blickt uns, lächelnd an einen Apfelbaum gelehnt, und entdeckt unsere Schönheit; für die Herren sei es Helena oder der Rest der neun Musen, ausgenommen die für Geschichte und Astronomie.

Gemach – noch heftet das Fräulein Augen-Blicke nach Noten in die betrogene Menge, und über die Rampe tritt mitfühlend die Lampe der Erkenntnis: wieder einer seinen Beruf verfehlt! Wie diese komödiantische Dame, die zweifelsfrei ähnliche Aussichten im Thaliatheater erblickt. Das wird es freilich geben bis zum Jüngsten Tag. Was sage ich. Solange es eine Menschheit gibt, werden sich Künstler schinden, die keiner gerufen hat.

Die Machart des Fräuleins ist natürlich Haute Couture, vom Stil bis zur Note. Der Leser rennt ihr auch prompt in die Falle. Meint, eine spannende Kurzgeschichte zu lesen, erpicht auf den Schluß, wo das Fräulein gewiß von einem Herrn zum Essen geladen werden muß. Dabei verschlingt er gierig, der Leser, die Belehrungen über Gesangstechnik und merkt zu spät: Jetzt hat er ein Essay im Bauch. Ich kann nicht sagen, ob eine Gesangsausbildung *Herrn Polgar* weitergebracht hätte als das *Fräulein*. Nur war er ihr gegenüber im Vorteil, als er beizeiten seine wahre Begabung fand. Aber selbst ein Talent wie *Polgar* ist wohl durch seine Hölle der Technik gegangen, selig lächelnd vermutlich; kaum zufällig schrieb er hier ein unnachahmliches Feuilleton, die allerkleinste unter den Essayformen nebenbei gesagt, noch zog er wie ein Zauberer die Voraussetzungen dafür aus dem Hut: keine roten Hasen, sondern grundsätzliche Burschen, einer heißt *Zeitlose Gültigkeit* mit den vorausgesetzten Vornamen Originalität, Distanz im Hinblick auf unbeschränkte Dauer und Verallgemeinerung; der zweite hört auf *Künstlerische Form*; ein dritter gar nennt sich *Allgemeinverständlichkeit*, was immerhin bedeuten mag, daß er als Chinese bei einem chinesischen Text nicken kann oder als Deutscher bei dem von Polgar. Nur weniger mit der Bauchmuskulatur. Deshalb läßt sich von Polgars Feuilleton froh sagen: Es ist nicht so wie mit dem Mezzosopran. Sonst im Leben ist das meiste ja doch so.

Der Kuß

Ich lernte Iwán in den Sommern danach kennen. Er kam mir am Strand wie eine Sehnsucht entgegen, die ich so nicht erfüllen würde. Ich sagte ihm gleich, es gäbe einen weichen Stein in mir, seit gestern, zu leicht und zu schwer. Da half er mir, er nannte es leben, ich trauern.

Durch ihn erfuhr ich, daß Trauern wie Rosenzüchten ist im Kopf. Man konnte es im Sitzen, im Liegen – nur tanzen, so wie man liebt, die Welt vergißt, nein, aber sogar schwimmen, weil Schwimmen einen vorwärts oder rückwärts brachte, aber nie nach unten, um zu ertrinken. Vielleicht war es falsch gewesen, schwimmen zu lernen.

Trauern wie ich es meine, wenn es um Liebe geht, ist nicht wie früher Schule schwänzen. Trauern ist intensives Leben unter Schock, es zwingt einen zu existieren mit Haut und Haaren. Oder aus dem Leben zu scheiden – in meinem Falle hätte das nicht geholfen, der Grund meiner Trauer war nicht gestorben, war aber auch nicht tot, als er an einem

Junitag gelächelt hatte, wie es ein Lebender nie gekonnt hätte, denke ich heute – damals stand in seiner Gestalt das Leben vor mir, plötzliche Geburt, ihm gelang sie. Michele war also nicht regelmäßig am Leben, nur wenn er bei mir war. Er kam als gebeugter Mann, erwuchs mit mir zu ursprünglicher Größe und verjüngte sich in Stunden um zwanzig Jahre; alterte zusehends, wenn der Schnitt der Trennung blutete, um gelähmt in seine Fahrtrichtung zu blicken in der Sekunde des Abschieds. Ich möchte wissen, wo er hinfuhr.

Michele war der schönste Mann. Nicht im landläufigen Sinne, was ich noch meine, kam von innen. Zunächst aus seinem Geist, er war ein Wissenschaftler, noch wenn er hinter seiner Hornbrille schwarzbraun lächelte. Ich weiß nicht, was ihm von einem Tag zum andern manchmal beinah die Schönheit nahm oder meine Vorstellung davon. Ich weiß auch nicht, wie er seine Wissenschaft bei sich zu Haus ausübte: vielleicht als Biologe Schlangen hielt, die bissen. Er hätte sich wohl auch nicht umstimmen lassen, ungefährlicher zu forschen, denn so würde er kaum mit dem Leben davonkommen. Und richtig, eines Tages schrieb er mit letzter Kraft, er sei zunächst erschöpft gewesen vom Hinundher zwischen Schlange und Traum. Und dann erstickt.

In diesem Traum lebt Micheles Seele. Die Schlange ist weggegangen, sie konnte sich nicht allein füttern, auch schreien hatte keinen Sinn, jetzt wo er ohne sie überall im Himmel war. So ähnlich stell ich mir vor, muß es gewesen sein, wovon Michele immer so schlecht aussah, wenn er gekommen war. Das und nicht mehr erzählte ich Iwán. Seltsam nur, je länger ich Iwán ansah: Wie konnte das geschehen, es war derselbe Mann, mit den Augen des Wanderers, wie sie auf den Meeresgrund blicken, nirgendwohin sonst, und durch sie hindurch sah ich mich selbst, das hatte noch kein Spiegel mit mir gemacht. Als wäre niemand hier als ich, mit der ich nun sprach, im Einklang mit Tod, Leben und Einsamkeit. Nur Mond und Sonne, Hals an Hals.
In Micheles Augen hatte sich das Licht zwischen zwei Stühle gesetzt, wem das geschieht, kann niemals weinen. Als wir die Tagweiten abgesucht hatten nach Worten, die höchstens als Vogelstimmen oder in der Farbe verklungener Strahlen zurückkehren, sagte Iwán, den ich bis dahin in meine Dunkelheiten nicht mitnehmen konnte: Du mußt dich nun erinnern. Ich beschloß, Iwán dorthin zu führen, wo ich Micheles Kuß aufbewahrte.

Einmal noch, flüsterte ich, möchte ich ihn herausholen. Ich sah Iwáns schmale, bleiche Hand wie

eine Schwalbe an das Türchen fliegen – wir hatten immer nur unsere Worte betrachtet, höchstens noch Kinn, Stirn, Ohren und was gute Freunde sonst haben –, nie war eine Hand so nah ins Bild gekommen, ein Mund. Bleich war Michele heute, ich würde ihn zum Lachen bringen. Aufatmen, essen, trinken – tanzen, Sie wissen ja, richtig.
Michele, Erfinder des Kusses. Nicht, was man so darüber las und hörte. Micheles Augen – dieser Mann blieb auf dem Waldweg stehen, als begänne in der Minute ein neues Zeitalter – wie für endgültige Zeiten nahm er die Brille ab, steckte sie unendlich langsam in die linke Brusttasche, dafür kam nur die Herzseite in Frage, obwohl sie im Hemd zwei Taschen vorgesehen hatten, um abzuwarten, ob er es ehrlich meint. Michele streckte weit seine linke Hand nach mir und hatte mich nicht aus dem Auge gelassen. Ich war längst zwei Schritte weitergegangen auf den Straßen des Lebens, denn wollte man ewig auf Wunder warten, wo käme man hin – wie hätte ich ahnen sollen, daß Gott das Wunder, das sie Liebe nennen und manchmal sogar wissen, was das heißt – auf diesem Waldweg bewahrte, wo Micheles Seele sichtbar in mein Leben flutete. Als ich nun die Augen schloß, wählte sie meinen Mund. Da schreitet sie anders aus als bei den geistigen Übungen, deren Schritte oft sogar Schmerzen bereiten wie

Tod. Micheles Kuß war das Leben. Einmal hatte er mich sein Meer genannt, seitdem wußte ich den wahren Grund, warum er nicht mehr weinen konnte.

Ich sprang auf, warf den Kuß in den Schrank zurück, nie mehr würde ich ihn herausholen. Eine Ahnung, Iwán könnte Michele sein, das Sterben sich endlos wiederholen, ein Leben nach dem andern, ohne Erlösung, immer wieder dieser Tod. Und der Trost, der wie Iwán aussah, keiner war und Ritterspornaugen hatte. Ich würde zurück ins ungeweinte Meer wandern, Michele suchen, denn ohne ihn gäbe es das Meer nicht, das ich bin. Ich würde dort, in der unbeweglichen Weite der Zeit fragen, warum immer nur die Liebe das Meer bewahrt, seine Tränen. Ausgerechnet sie. Und warum Michele sein Hüter sein mußte. Oder war alles gut, und ich wußte es nie.

Die Wünsche meines Vaters

Nicht seine Wünsche als Vater – so werde ich mich ihm nie nähern. Erst, wenn er nichts als ein Mensch ist in meinem Kopf. Zehn Jahre tot, aber seine alten Wünsche, älter noch als er, suchen weiter. Natürlich, über die Fischteiche haben wir oft gesprochen. Die Fischteiche hätte er gern gepachtet, nach dem Krieg, als das Geld weg war, als er endlich machen durfte, was er wollte. Nicht mehr nur Soldat sein. Seit dem Kindbettod seiner Mutter hatte er getan, was die andern von ihm erwarteten; bei seinem Freund Christoph war es nicht anders gewesen, eben weil die Mutter lebte, da kam es, daß sich die Freunde nur schwer verständigten und die Freundschaft zerbrach.

Aber Teiche bewirtschaften, wie sie früher vorm Fischhaus lagen, bei seinem Großvater. Dort hatte er die ersten Jahre gelebt, das kann man so sagen. Sonst erfuhr man von meinem Vater wenig, das konnte für mich heißen, er liebte mich nicht.

Eines Tages, noch zu Beginn seiner Krankheit,

gingen wir an einem Bachlauf im Valais nach Anzère zurück. Es war der einzige gemeinsame Urlaub mit Vater und Mutter.

Was wünscht du dir zum Geburtstag, hab ich oft gefragt. Aber einmal nur: was wünscht du dir überhaupt, warum das nie? Wahrscheinlich hätte er kurz aufgelacht, als wäre das nichts Wirkliches – so ein Wunsch für sich selbst, einer, an dem wir nicht alle mit dranhingen. Vielleicht war das eigentlich Schmerzliche an meiner Liebe zu ihm, daß ich ihm nie dorthin folgen konnte, wo er allein blieb. Vielleicht hatte er ganz ohne Mutter früh einen Burggraben um eine Einsamkeit gezogen, die ihn unerreichbar machte, auch als ich endlich sprechen konnte, das ist noch nicht lange her, aber nun hielt mich eine mögliche Zurückweisung, ein Schweigen mit einem hilflosen Lächeln fern, mehr zu fragen – er hätte große belustigte Augen gemacht, denn erbost habe ich ihn nur drei, vier Mal gesehn, kann sein, weil ich später so selten zu Hause war, vorher war er im Krieg. Und ich kroch schnell in mein leeres verdunkeltes Haus zurück, schneller als der Vater.
Aber dann – vielleicht mußte er geahnt haben, daß ihm nicht mehr viel Zeit blieb, daß er sie nutzen müsse, mit einer letzten unerhörten Dreistigkeit,

selbst etwas zu wollen, was ihm früh versagt wurde – so zeigte es sich mir, ohne sagen zu können, wie er sich anderen gegenüber verhielt, wenn sie allein waren. Ein Gefühl zu äußern: das zu wagen.
Es war August, der nun steiler ansteigende Weg in der Hitze beschwerlich, auch wenn der Wald uns mit seinen Mitteln schützte. Die Mutter führte den kleinen Zug an, als wäre mit größerem Tempo mehr zu retten. Wir folgten ihr dicht. Die Krankheit des Vaters, die letzte Suche.
Er folgte weit hinten, jeder Schritt schien ihm beschwerlich. Warum hatten wir ihn zurückgelassen? Ich blieb stehen, wartete, sah nun, wie erschöpft er aussah und grau.
Was ist dir?, fragte ich dicht vor seinem Gesicht. Es gab nun keinen Halt mehr vor dieser Frage. Keuchend vor Anstrengung sagte er, was er schon vor einem Leben hätte sagen sollen, was niemand sah: Ihr geht immer nur vorn mit, ich bleib immer hinten allein. Hat es damit zu tun, was meine Mutter mir aus ihrer Kindheit erzählte: Als an einem viel zu grünen, viel zu glücklichen Sommertag in den Ferien, sie hatten viel zu laut gelacht, lauter als sonst, das hätten sie nicht tun dürfen, bei den Großeltern ein Telegramm eintraf, und sie lange nicht wußte, was es hieß: die Mutter sei gestorben. Sie war gestorben, oder sie hatte das Kind im Stich

gelassen, vielleicht ist das für kleine Kinder dasselbe, und das vergessen sie nie. Sagen wenig, sorgen kaum für sich selbst, für ein Stück Leben, eine Sehnsucht. Ich sehe meinen Vater gern auf einen Hügel steigen und lachend rufen: Hier bin ich – endlich, heute bin ich auf die Welt gekommen!

Es ist keine Zeit zwischen dem linken Fuß am Bachlauf und dem rechten, den wir danach aufsetzen. Kein Schrei, wenn es klirrt, so still ist es. Den Bachlauf verlassen, das hätten wir nicht tun dürfen, im Schatten sitzen, einer neben dem andern, ich gegenüber. Ins Gesicht des Vaters malt einer sein Ebenbild, von nun an muß ich mich wieder zusammenfügen. Auf den Augen des Vaters, sonst goldene Schalen, ein trockener Scheiterhaufen, weit hinten im Tunnel das Lächeln. Ich zerre Werkzeuge aus meinem Kopf, den Vater unsterblich zu machen.

Auch mein Vater hatte seine Wünsche für mich. Er kam genau zehn Jahre nach seinem Tode nachts im Traum, als ich einen großen dunklen Schrank allein nicht öffnen konnte und niemand half. Er kam zu mir in einem grauen Overall, wie man sich Raumschiffmonteure vorstellen mag, durch eine der Hausecken von weit draußen, öffnete mir lächelnd den Schrank. Als beide Türen weit offen standen, ging er schweigend, ohne sich noch einmal umzudrehen, durch dieselbe Hausecke ins Meer zurück, bis er mit schwerem Arbeitsgerät im Wasser versank.

Die Wanderung am Bachlauf. Wenn ich in mich hineinhorchte, hörte ich alles, nur mich nicht. Lieber Vater, sag noch einmal *laissez faire*. Ich sagte am Telefon – nie hatte mein Vater irgendwo angerufen, jetzt rief er mich öfter an, weil es einfacher ist, solange man lebt, da sagte ich, wie ich ihn liebte. Ja, sagte er holprig. So viel hatte ich der einen Silbe nicht zugetraut, das kleine Lachen, das alles heißen konnte. Die verborgenste Wahrheit sagt sich am einfachsten, so lange wir leben, diesen Mund haben, dahinter die eine Stimme, die es so nie mehr geben wird. Mit ihrer Angst, nachgeliefert wie ein Körperteil. Es gibt Worte, die zerfließen rot, wenn sie stimmen, mit ihnen heize ich mein Leben, und für mich war es höchste Zeit. An diesem Tage sagte der Vater sie mir, du warst eine der besten, so nannte er es, und ohne seine letzten Worte hätte ich manchmal gar nichts. Einerseits ist es falsch, daß die Lippen weit draußen am Körper sitzen statt am Herzen. Von einem Körper wird wirklich zu viel verlangt.
Viele Jahre danach fand der Vater noch einen Grund, er rief von dort an, ich weiß nicht, wie er das

machte, erst am Schluß hörte ich seine alte Stimme meinen Namen rufen und: Bist du es? Ja, bin ich es denn?

Literaturhinweise:

Erstveröffentlichung der Erzählung »Liebe Nadja«
DER LITERAT Nr. 5/90